JN088395

王太子殿下は後宮に占い師をご所望です

夢見るライオン

B's-LOG BUNKO

ビーズログ文庫

イラスト／高星麻子

目次

王太子殿下は後宮に占い師をご所望です
アルト・デルモントーレ
デルモントーレ国の王太子。命を狙われていたため、表に出たことがほとんどない。
フォルテ・ヴィンチ
不遇の公爵令嬢。正体を隠し、『青貴婦人』という名で占い師をしている。

人物紹介

ダル

王太子アルトの側近。緊張すると凶悪な鬼軍曹顔になる。

クレシェン

王太子アルトの側近。フォルテを詐欺容疑で拉致する。

ゴローラモ

フォルテを守る霊騎士。実はある特殊能力を持っており……!?

後宮の三貴妃

アドリア貴妃　**トレアナ貴妃**
ダリア貴妃

黒騎士アルト

侍女に扮したフォルテに、後宮の黒幕探しの協力を願い出てくるが……?

第一章　青貴婦人、壺を売りつける

デルモントーレ国、王都のはずれにある森の中。

生《お》い茂《しげ》る木々に隠《かく》れるように一軒《けん》の小さな小屋が建っていた。

入り口横に立てかけられた木には『青貴婦人の館』と書かれている。

粗末《そまつ》な小屋の前には、毛並みのいい駿馬《しゅんめ》から下りる男の姿があった。

男は黒いフード付きマントで身を隠すようにして周辺を窺《うかが》いながら戸口に入っていく。

閉め切った薄暗《うすぐら》い部屋の中には青いドレスを着た貴婦人が座っていた。

「ようこそ青貴婦人の館へ。今日は何を占《うらな》いましょうか？」

丸テーブルの上の蝋燭《ろうそく》に照らされた占い師《し》の顔は分からない。なぜなら鼻から下は分厚い布で覆《おお》われ、頭から被《かぶ》った青いヴェールには目元を隠すように黒い房《ふさ》が長く垂れ下がっていた。僅《わず》かに房の隙間《すきま》から覗《のぞ》く目も、蝋燭の火だけでは何色かも分からない。

黒フードの男は、警戒《けいかい》しながらも占い師に促されるままに椅子《いす》に腰《こし》かけた。

そして冷たく整った口元は慇懃《いんぎん》に告げた。

「ある高貴な方の恋愛《れんあい》を占ってもらおう」

占い師、青貴婦人。

そう呼ばれているフォルテは、今日は一大決心をして占いにのぞんでいた。

（今日こそやるしかない。今日やらなければ手遅《ておく》れになるかもしれないもの）

ごくりと唾《つば》を飲み込み、目の前の男を見つめた。

黒マントから垣間《かいま》見える身なりのいい衣装《いしょう》。膝丈《ひざたけ》の長衣《ながぎぬ》は細かな刺繍《ししゅう》が贅沢《ぜいたく》に施《ほどこ》され、艶《つや》のある長靴《ちょうか》を履《は》いている。脇《わき》に差した剣《けん》も、宝飾《ほうしょく》に分類される逸品《いっぴん》に違《ちが》いない。頬《ほお》に流れる栗色《くりいろ》の巻き毛も手入れが行き届いていた。

（絶対どこかの大金持ちの貴族だわ。ともかくこれはチャンスよ）

たまにこういう男性客もいる。だが大抵《たいてい》は政治の相談だ。先日の男はクーデターについての占いだった。今回も重そうな話題になるだろうと気を引《ひ》き締《し》めたところなのに。

「え？　恋愛？」

だから男が椅子に座るなり、恋《こい》の相談を持ちかけたことに驚《おどろ》いてしまった。

「私の友人に非常に見目麗《みめうるわ》しい腕《うで》っ節《ぷし》が強い武官がいるのですが、どうしたことかさっぱり縁談《えんだん》がまとまらず、もうすぐ三十になろうというのに独身なのです。彼が結婚《けっこん》できるかどうか占ってもらいたい」

「わ、分かりました。その男性の生年月日とお名前を……」

「生年月日はお教えしますが、名前はご容赦《ようしゃ》願います」

貴族の相談には、名前を明かさないことはよくある。

「分かりました。では、名を心で唱えてその方の顔を思《おも》い浮《う》かべてください」

生年月日をトネリコの葉に書きつけ、フォルテは様々な形の小石が入った巾着袋《きんちゃくぶくろ》を取り出す。小石といっても中には宝石の類《たぐい》の輝石《きせき》もある。その石を羊皮紙に描《えが》いた占盤《せんばん》にばら撒《ま》いた。

「どうです？　モテる男なのですが」

十二宮が火地風水で四分割《ぶんかつ》された円盤を眺《なが》めながらフォルテは首を傾《かし》げた。

「モテる？　本当に？　占いでは、女性と縁のない生活をされてきたような……。女性よりは……こんなことを言っては失礼かもしれませんが、食べることが大好きでは？」

「ほう？」

栗毛の紳士《しんし》は、フードの奥の紺藍《こんあい》の瞳《ひとみ》を見開いた。

「それに武官とおっしゃいましたが、剣を使うような器用な方かしら？　外見は逞《たくま》しくとも、心の内はとっても細やかで優《やさ》しい方ですわね」

「なるほど……」

「でも、未来に明るい兆《きざ》しが見えておりますわ。未来を示す位置に黒紫《こくし》のサファイアが陣《じん》取《ど》っています。サファイアには隠れた才能を開花させるという意味がございます。近い未来、武官として今までにない活躍《かつやく》をされるようです。頭打ちになっていた出世の道が開け、おのずと結婚相手にも恵《めぐ》まれるでしょう。心配ありませんよ」

「意外にも本物だったか……」

「え？」

「いえ、なんでもありません。では、もう一人占っていただきたいのですが」

「ええ。構いませんわ、では生年月日と……、お名前は出せませんか？」

「はい。心で強く、強く、念じておきましょう」

目のギラつき方から、明らかにさっきより気合が入っている。

どうやらこっちが本当に聞きたかったことなのだとフォルテは思った。

（もしかしてご自分のことかしら？）

人のことのようなフリをして自分のことを占いに来る客も多い。

（二十五歳……）

トネリコの葉に書いた生年月日からすぐに計算した。

目の前の男の年齢《ねんれい》でもおかしくはない。じゃらりと色石をばら撒いて、占盤上の小石の配置を丁寧《ていねい》に占っていく。

「この方は……、ずいぶん数奇《すうき》な運命を辿《たど》ってこられた方ですわね。若くして多くのご家族を亡《な》くしておられる……」

「ええ。また失うことを怖《こわ》がっているようです」

「お気の毒に……」

「気の毒がっている場合ではないのです。いい加減結婚してもらわないと困るのです」

「二十五なら……それほど慌《あわ》てなくともこれからではないですか」

「いいえ。この際誰《だれ》でもいいから子作りに励《はげ》んでもらわねば」

その言いように、自分のことではなかったのかしらとフォルテは考え直した。

「まあ！　この青藍《せいらん》の石を見てくださいませ。これはトルマリンの一種で、良くも悪くも影響《えいきょう》の強い石でございます。この石が中央に陣取っているということは、この方の身近にとても影響の強い守り神のような御仁《ごじん》がついていらっしゃるようですわ」

黒フードの貴族は、ぱあっと顔を輝《かがや》かせた。

「その通りです！　確かに非常に有能な側近がおります！」

「あら、でも少し出張り過ぎかしら。お節介《せっかい》が過ぎると悪影響が出るものですわ。少々心根のひねくれた方のようでございますしね……」

「……」

男は、しばし黙《だま》り込んでしまった。

「あら？　ここにピンクの石に乗ったエメラルドがございます。エメラルドは無償《むしょう》の愛を強く内包した石です。これは想《おも》い人を表しております。まあ、珍《めずら》しい。この石の流れを見ると、一生に一度あるかないかの恋におちるようですわ。とても近い未来です。今日にでも出会うかもしれません。この方と結ばれたなら、子宝にも恵まれ明るい道が開けることでしょう」

「なんと！　それで、そのご令嬢《れいじょう》はどこのどなたですか？」

黒フードの貴族は身を乗り出して尋《たず》ねた。

「い、いえ……、そこまではさすがに……」

「何歳ですか？　髪《かみ》の色は？　目の色は？」

「いえ、残念ながら……。でも、そうですわね。お二人の間にはまだ幾《いく》つもの苦難がございます。障害になるものがたくさん……。ずいぶん多いわ。お二人の想いが強く重なり合えば、乗《の》り越《こ》えられるでしょうけど……」

「乗り越えられなかったら？」

「そうですわね。残念ながらお子には恵まれない人生かもしれません」

「なんということだっ!!」

男は蒼白《そうはく》な顔で立ち上がった。

その剣幕《けんまく》にフォルテはぎょっとして慌てて付け足した。

「ご、ご心配には及《およ》びませんわ。よい物がございます」

そしていよいよこの時が来たと丸テーブルの下から取り出したものを、でんっと黒フード男の眼前に差し出した。

「これは？」

男は怪訝《けげん》な顔でフォルテを見つめた。

「つ、壺《つぼ》です！」

言い切るフォルテの手には、モザイク調の凝《こ》った装飾《そうしょく》で彩《いろど》られた小ぶりな壺が握《にぎ》られていた。

「壺？　これがいったい……」

「こ、これはただの壺ではございません。私《わたくし》が念を込《こ》め、朝に夕に祈《いの》りを捧《ささ》げた特別な壺でございますの。これをそばに置いて大事に手入れをすれば、必ずやすべてがよい方向に向かうことでしょう。間違いございません！」

「この壺が？　本当に？」

黒フードの男は怪《あや》しむように占い師のヴェールを覗き込んだ。

フォルテはぎくりとして壺を引っ込める。

「し、信じないのならいいですわ。壺のことは忘れてくださいませ」

そのままテーブルの下に戻《もど》そうとしたフォルテの手を、黒フードの男が摑《つか》んだ。

「誰が信じないと言った。もらおう。いくらだ？」

「いえ、やっぱりこの壺は……あっ！」

黒フードの男は、再び戻そうとしたフォルテから奪《うば》うように壺を受け取った。

「この壺は私がもらう。これだけ払《はら》えば文句ないだろう！」

男は有無《うむ》を言わさず懐《ふところ》から札の束を出してドンと机の上に置いた。

フォルテは目の前の大金にごくりと唾を飲み込む。

「なんだ！　足りないのか？」

「い、いえ。充分《じゅうぶん》でございます。ありがとうございます」

壺を手に意気揚々《いきようよう》と帰っていく黒フード男の後ろ姿を見送ってから、フォルテはヴェールを外した。キャラメル色の豊かな髪がこぼれ、澄《す》んだ空色の瞳が悔恨《かいこん》に翳《かげ》ると、そのまま丸テーブルに突《つ》っ伏《ぷ》した。

「ああ……ついに犯罪に手を染めてしまった……」

罪悪感に落ち込む少女の隣《となり》には、すでに天を仰《あお》いで懺悔《ざんげ》の姿勢に跪《ひざまず》く側近騎士《きし》がいた。

正直そうな焦《こ》げ茶《ちゃ》色の瞳が印象的な、二十代とおぼしき青年だ。

《ああ、親愛なるテレサ様。ついにあなた様の娘《むすめ》が悪事を働いてしまいました。止めることができなかった私をお許しください。うう……うう》

「私だって分かってるわよ、ゴローラモ！　でも仕方がなかったのよ！　どうしてもお金が必要だったんだから……。分かるでしょ？」

《ですが、亡きテレサ様が知ったらどれほどお嘆《なげ》きになったことか……。あの清らかで美しい奥様《おくさま》の愛娘《まなむすめ》が……。よりにもよって霊感《れいかん》商法に手を染めるなんて》
「どうせ私はお母様のように清らかでも美しくもないわよ」
《いえ、お顔はテレサ様に生き写しでございますが、中身が残念……あ、つい本音が。これは失礼致《いた》しました》
側近の騎士は、わざとらしく深々と頭を下げる。
「いいわよ。分かってるわ。その上犯罪にまで手を染めて、もうまともな結婚もできないわね」
《それでいったいいくらで売ったのでございますか？》
「いくらかしら？　この厚みから考えると一万リルぐらいあるわね」
《はい？》
精悍《せいかん》な騎士姿の側近は、短くまとまった茶髪《ちゃぱつ》を傾《かたむ》け聞き直した。
「だから一万リルよ。これでビビアンの薬が買えるわ。よかった」
《フォルテ様。確かあの壺はテレサ様が輿《こし》入れの時に持参した、高名な壺師に作らせた大変貴重なお品でございました》
「え⁉　物置にあったから持ってきたのに、まさかお母様のものだったなんて……」
屋敷《やしき》の物置で埃《ほこり》を被っていた壺だ。磨《みが》いてみたらずいぶん綺麗《きれい》になったので使えると思って持ってきたのだ。
《ええ、ええ。確かにあれは花を飾《かざ》ったり水差しにしたりするような使い勝手のいい壺ではございません。王家の窓辺に飾っても遜色《そんしょく》のない貴重な芸術作品でございますからね》
「そ、そうなの？　知らなかったわ……」
騎士の額には怒《いか》りジワが浮かんでいる。
《なんということを……。あれは十万リルの値《ね》がついてもおかしくない代物《しろもの》でございますよ！　ああ、なんて愚《おろ》かな。テレサ様の形見に等しい品なのに》
「そんな……！　今更《いまさら》取り返すのも無理だし、どうしましょう。でも売り値に関係なく、犯罪に手を染めたことは確かだわ」
《何言ってるんですか！　霊感商法とは二束三文の劣悪品《れつあくひん》を高値で売りつけることを言うのです。高価な芸術品を十分の一の値で売って誰が恨《うら》むんですか！　驚くべき逸品だったと知って感謝されますよ》
「だって壺をそばに置けばいいことがあるって言ったのよ。それを信じてあの人は肌身離《はだみはな》さず持ち続けるのよ。ああ、神様。ごめんなさい。嘘《うそ》をついて人を騙《だま》したりしたからばちが当たったのよ。お母様の大切な形見だったのに……」
丸テーブルに突っ伏したまま頭を抱《かか》える少女に、側近騎士はそっと手を伸《の》ばした。
そしてキャラメル色の艶《つや》やかな髪を撫《な》ぜようとしたが、その手は少女の髪に溶《と》け込むようにすり抜《ぬ》けてしまった。

茶髪の騎士は少女に気づかれないままに、悔《くや》しそうにその手を見つめる。

そして気を取り直して言葉をかけた。

《フォルテ様は何も悪くありません。すべてはビビアン様のためにしたこと。神様も、亡きテレサ様も分かっていらっしゃいますよ》

「ありがとう。……そうね、早く着替《きが》えてビビアンに薬を買って帰らなきゃ。今朝飲んだのが最後の薬だったのよ。急いで飲ませないと命が危ないわ」

妹のビビアンは薬が切れると発作《ほっさ》を起こす病に罹《かか》っているのだ。

準備を終えると、戸口に三十前後の長い銀髪《ぎんぱつ》の青年が立っていることに気づいた。

「ピット……」

動きやすい綿のブラウスに緑の長丈のベスト姿の青年が柔《やわ》らかく微笑《ほほえ》んでいる。

「またフォルテ様の独り言ですか？　ずっと話し声が聞こえていましたが……」

「あ、ええ。そ、そうなの。ずっとしゃべってないと落ち着かない質《たち》だから」

フォルテは誤魔化《ごまか》すように話を合わせた。

「そろそろお屋敷に戻らないとまずいかもしれません。今日の占いは終わりましたか？」

「ええ。今のお客様で最後よ。いつも付き合わせてごめんなさい」

「いいえ。私のことなら気になさらないでください。あなた様ほどの身分がありながら、従者も連れずに一人こんな所で占い師の仕事など……」

「いえ、従者ならちゃんと……」

フォルテは横に立つ背の高い騎士を見上げた。

「え？」

「ううん。なんでもないわ。私のことなら心配しないで。占い師をやるぐらいだもの。危険を察知する能力だけは高いのよ」

そう。とても頼《たよ》りになる一流の剣の使い手でもあった側近騎士は、もうこの世に存在しない男だ。なぜなら五年も前に死んでしまったから。

亡き母を全身全霊《ぜんしんぜんれい》で敬愛する側近であった彼は、娘達を頼《たの》むと言われていながら、最悪の状況《じょうきょう》の時に死ぬことになった無念から成仏《じょうぶつ》できずに現世に残った。

だが誰にも見えない幽霊《ゆうれい》にできることなど何もない。孤独《こどく》に打ちひしがれながら屋敷をうろうろしていたゴローラモだったが、ある日フォルテがためらいながら尋ねた。

「ずっと知らない人がいると思っていたけど、ゴローラモ？　ずいぶん若くなったのね」

驚いたことに誰にも見えないはずの騎士は、なぜかフォルテにだけは見えていた。

その日から、テレサの忠実な騎士は、フォルテの側近霊騎士となったのだ。

《道中の危険はこの私が命に代えても回避《かいひ》致します。ご安心を》

優雅《ゆうが》に跪く騎士に、フォルテは小声で囁《ささや》いた。

「代える命がもうないじゃないの。調子いいんだから。しかも五十で死んだくせに、ちゃっかり二十代の容姿に戻ってるし」

《フォルテ様の側近に相応《ふさわ》しい姿になったのです。これも慈悲深《じひぶか》いテレサ様のお導きでございましょう》

生きていれば、誰もがうっとり見惚《みほ》れるような精悍で美しい騎士だった。

「アルト様、ご決断ください」

王宮の一室では栗色の巻き毛を垂らした、容姿にも服装にも隙のない、あるいは可愛《かわい》げのない青年が跪いていた。

その横には肉の塊《かたまり》と言っていいほどの巨体《きょたい》が、遠慮《えんりょ》がちにチョコンと両膝をつけて跪いている。本来片膝《かたひざ》を立てるのが正式な拝礼の形だが、片膝だけではこの巨体を支えきれないため、特別にこのダルだけは略式を許されていた。

「決断？　このくだらぬ議案のことか？　クレシェン？」

アルトは不機嫌《ふきげん》に頬杖《ほおづえ》をつきながら、栗色巻き毛の青年に言い捨てた。

長い金髪を後ろで束ね、黒に近い葉緑の瞳を険しく歪《ゆが》める。不機嫌な顔をしてもどこか育ちのよさや人のよさが滲《にじ》み出る美しい青年だ。

「はい。今最も重大な議案でございます」

クレシェンと呼ばれた男は、王太子の威圧《いあつ》に怯《ひる》むこともなく慇懃無礼《いんぎんぶれい》に即答《そくとう》した。

「これのどこが最も重大な議案なんだ！」

アルトは議案の書かれた羊皮紙を側近に広げてみせた。

「ダル、読んでみろ‼」

ダルは贅肉《ぜいにく》と筋肉が仲良く共存する巨体を揺《ゆ》らし、羊皮紙に顔を近づけた。

「おい、顔‼　油断しきってるぞ！」

怒鳴《どな》られて、ダルは八の字に垂れ下がっていた眉《まゆ》を慌てて凶悪《きょうあく》に吊《つ》り上《あ》げた。

途端《とたん》に人のいい相貌《そうぼう》が、極悪《ごくあく》非道な鬼軍曹《おにぐんそう》の顔になった。

あまりの人相の悪さに、アルトは一瞬《いっしゅん》たじろぐ。

「待て！　怖過ぎる。そのぐらいでいい」

「はい。失礼致しました」

ダルは恐縮《きょうしゅく》してから、適度な鬼軍曹顔に安定させて羊皮紙に目を向け読み上げた。

「一カ月後の秋の収穫《しゅうかく》祭の最終日に王宮にて舞踏《ぶとう》会を開く議。なお、この舞踏会において王太子殿下《でんか》に見初《みそ》められし美姫《びき》を、新たに後宮に入宮させることを第一の目的とする」

アルトは深く肯《うなず》いてから、ぎろりとクレシェンを睨《にら》みつけた。

「これのどこが重大議案だ！　くだらん‼」

「先日の議会にて国王の譲位《じょうい》が正式に決定し、いよいよアルト様の時代が参ります。国王陛下がご病気がちだったため、重臣の中にはまるで自分が王のごとく振る舞《ふま》う者もおり、王権が不安定になっております。民衆の間でも王家の失墜《しっつい》を囁く声が聞こえておりますゆえ一刻も早く跡継《あとつ》ぎを見せて王としての盤石《ばんじゃく》な地位を作ることが重要でございます」

「だからといって、まだ王にもなっていないのに早まり過ぎだろう」

「いいえ。遅《おそ》過ぎるくらいです。思えば五歳の頃《ころ》よりおそばに仕えさせていただき二十年。事情があったとはいえ浮いた話一つなく、もしや女性に興味がないのではと陰《かげ》ながら深く心を痛めておりました」

「それは違うだろう。気になる姫君《ひめぎみ》がいたとしてもお前の圧が怖くて気持ちが萎《な》えてしまうというのが正直なところだ」

「なんと！　私のせいだと申されますか！　これほどアルト様一筋に仕える私の！」

ショックを受ける側近に、アルトは慌てて言い直した。

「いや、お前の溢《あふ》れんばかりの忠誠は分かっている。私が今もこうして生きていられるのはひとえにお前の並々ならぬ尽力《じんりょく》のおかげだ。感謝している」

実はアルトの二人の兄は後宮内で暗殺されている。父王は残された王子達の身を案じ、後宮から出して信頼《しんらい》できる貴族の元で密《ひそ》かに育てさせた。だが、その王子達すら次々暗殺され、残ったのはクレシェンの家で育てられたアルト一人になったのだ。

アルトだけが無事だったのは、このクレシェンの知力と、彼の実家で叩《たた》き込まれたアルトの剣技《けんぎ》と、それから……。

クレシェンの隣ではダルが眉を八の字に下ろして油断している。

「ダル！　顔!!」

ダルは慌てて眉を吊り上げ、鬼軍曹の顔に戻した。

このダルの泣く子も黙る凶悪な人相と、毒を嗅《か》ぎ分《わ》ける鼻利《き》きのおかげだ。

その二つの能力を買われて、幼い頃からいつも二人のそばにいるダルだが、恵まれた巨体を持ちながら剣の腕前はからっきしだった。

一年前、譲位を決意した父王がアルトを王宮に戻した。最後の一人となった世継《よつ》ぎの身を案じ極秘《ごくひ》に戻されたはずが、どこからか情報が洩《も》れ刺客《しかく》に襲《おそ》われたことがあった。

その時ダルが斬《き》られそうになり、アルトが思わず身を挺《てい》して守ったのだ。クレシェンは護衛のくせに主君に守られたダルにカンカンだったが、その目撃者《もくげきしゃ》達から、王宮に戻ってきた王子は信じられないほどの巨体だと勘違《かんちが》いした噂《うわさ》が広まった。クレシェンはその方がアルトを守るのに都合がいいと黙認《もくにん》し、その噂はいまだにきちんと否定していない。

こうして表舞台《おもてぶたい》に現れない謎《なぞ》多き王太子は、名前さえも知られぬまま民衆の間で様々に噂されていた。

しかし正式に王となるなら、もう隠れてばかりもいられない。

今度の舞踏会が即位《そくい》前の王太子の大々的な初お披露目《ひろめ》の場でもあり、クレシェンはその場で後宮に入れる姫君まで決めてしまおうと言うのだった。

「アルト様。急がねばならないのです。今度の舞踏会で未来の王妃様《おうひ》を見つけていただかねば困るのです。これを逃《のが》せば子の授《さず》からぬ運命かもしれないのです」

なぜか尋常《じんじょう》でなく焦《あせ》るクレシェンに、アルトは肩《かた》をすくめた。

「舞踏会を開いてガラスの靴《くつ》を履いたシンデレラを見つけろというのだな」

「シンデレラでも白雪姫《しらゆきひめ》でも美女でも野獣《やじゅう》でも、なんでもいいから選んでさっさと世継ぎを作ってください！」

「今選んじゃいかんものが一つ混じってなかったか？」

アルトは呆《あき》れたようにため息をついて続けた。

「そうして選んで、後宮の三貴妃《さんきひ》の教育を受けさせろというのか？」

デルモントーレ国では、前王の貴妃が次の代の妃《きさき》の教育をする。新たな王の妻となった者はすべて一旦《いったん》仮宮に入り、そこで王の妃に相応しい者となるため教育されるのだ。そして正妃と三人の貴妃が選ばれ、それぞれの宮を引き継ぐための教育を受ける。通常は王子を生んだ妃が正妃や貴妃に選ばれることが多い。ただし現王の代ではその通例は無視され、陰謀《いんぼう》にまみれた正妃争いになったと聞いている。

手始めに現王の母である王太后が死に、妃教育中に先代の貴妃一人が病死した。現王が母を亡くしたショックで正妃を決めることを後回しにすると、それを皮切りに現王の子を生んだばかりの貴妃二人が王子共々不審《ふしん》な死を遂《と》げた。すると後宮をまとめるべき妃が誰もいなくなる。そんな空っぽの後宮に三人の姫君が実家の権力を盾《たて》に貴妃に選ばれたと言い張って入り込んでしまった。

そして子を生んだ側妃に三貴妃の座を譲《ゆず》るべきだと世論が高まると、今度は側妃達が次々不審死したり行方《ゆくえ》不明になったりした。側妃だったアルトの母もまた、アルトを生んだ後に行方知れずになったと聞いている。

こうして現王の正妃が決まらぬまま後宮は三貴妃が牛耳《ぎゅうじ》り、今や彼女達しか残っていない。

三貴妃の実家が、軽く扱《あつか》えない有力貴族であることも問題を大きくしている。

心を病《や》み議会すら休みがちの父王は、問題だらけの後宮を正すことすらままならず、アルトに譲位と共にそのまま引き渡《わた》すと言うのだった。

そんな黒い噂の広がる後宮にアルトの見初めた姫君を巻《ま》き込むわけにはいかない。

そもそも、この三貴妃に次世代の妃を教育するつもりがあるのかどうか。教育後、すみやかに後宮を出ていってくれるのか。

アルト達は妃や王子を殺したのは三貴妃である可能性が高いと疑っている。

あるいは三貴妃を使って、王家の血筋を途絶《とだ》えさせようと暗躍《あんやく》する者がいるのかもしれない。クレシェンはそれを一番疑っていた。だが三貴妃の実家は王の強力な後ろ盾《うしだて》でもあり、理由もなく追い出すわけにもいかなかった。

なんとかして、三貴妃には穏便《おんびん》に後宮から退いてもらいたいのだが、今のところなんの見通しもなくアルトは頭を悩《なや》ませていたのだ。

「あの後宮がある限り、私は妃を持つつもりはない」

自分の母も犠牲《ぎせい》になったあの後宮に、年若い姫君を入れる気にはなれなかった。

「そう言うと思いました。ですので実は秘策を考えております」

クレシェンは得意げに微笑んだ。

「秘策？」

「そうです。後宮に間者を送り込み、三貴妃様を調べさせるのです。そしてアルト様の兄上や現王の妃達を殺した黒幕を見つけ、その証拠《しょうこ》を摑むのです。証拠さえあれば、たとえ三貴妃様であろうとも、実家がどれほど強大でも、追放することができます。それに、無駄《むだ》に膨大《ぼうだい》した権力を削《そ》ぐことも叶《かな》います」

「簡単に言うが、その間者とは？」

三貴妃は自分の宮を堅固《けんご》に守り、滅多《めった》に人を入れたがらない。唯一《ゆいいつ》自由に入ることのできる王すら何年も近づいていないため、今どうなっているのか誰も知らない。

クレシェンはにやりと悪巧《わるだく》みの顔になった。

「実は最近巷《ちまた》では『青貴婦人』と呼ばれる占い師が話題になっておりまして、三貴妃様からそれぞれに後宮に召《め》してほしいとの要望を頂いております」

「三貴妃みんなが？」

「はい。女性というのは占いが好きなようでございますね」

「その『青貴婦人』とは何者だ？」

「先日さっそく偵察《ていさつ》に行ってまいりましたが、中年風のドレスを着ていましたので、どこかの没落《ぼつらく》未亡人が日銭稼《ひぜにかせ》ぎに素性《すじょう》を隠してやっているのだと思いますが……」

「もう偵察に行ってきたのか？」

アルトは相変わらず手際《てぎわ》のいい側近に目を丸くする。

「はい。その占い師をうまく抱《だ》き込み、三貴妃の秘密を探《さぐ》らせるのです」

「なるほど。占い師になら貴妃達も胸の内を洩らすかもしれぬな。だが、その占い師をうまく抱き込めるのか？　その者が嫌《いや》だと言ったらそれまでだろう？」

「やらざるを得ない状況に追《お》い込むのです」

クレシェンはすっかり悪人面《あくにんづら》でほくそ笑《え》んだ。

「ど、どういうことだ？」

アルトとダルは警戒するようにクレシェンを見つめた。

「これです」

クレシェンは足元に置いていた布の包みをアルトに差し出した。

「？　なんだ？」

アルトは受け取ってそっと包みを開いた。

そこには見事なモザイク柄《がら》の壺が入っていた。

「これは……故レオナルド壺師の作品ではないのか？　素晴《すば》らしい品だが、これがどうした？」

「先日占い師が、こともあろうにこの私にそばに置いておけば願いが叶うなどと虚偽《きょぎ》を語り売りつけてきたのでございます。これは紛《まぎ》れもない霊感商法、詐欺《さぎ》でございます」

「お前が騙されたのか？」

「はい。もちろんわざとでございます。これをネタに占い師を脅《おど》すのです」

「いったいいくらで買った？」

「その時の持ち金すべて。一万リルも払いました」

クレシェンは得意げに答えた。

「お前は確か法律や政治経済には長《た》けているが、芸術はさっぱりだったな」

「それが何か？」

「これは十万リル出しても足りないほどの逸品だぞ」

「……」

クレシェンは目の前の使い勝手の悪そうな壺を黙って見つめた。

「お前の方こそ詐欺師だな」

「と、ともかく占い師にこの証拠を突きつけるのです。そして言うことを聞かねば裁判にかけて牢屋《ろうや》に入れると脅すのです」

「どう考えてもお前の方が罪が重いな」

アルトは会ったこともない『青貴婦人』が気の毒になった。

第二章　不遇の公爵令嬢

「ねえ、ピット。この国って大丈夫《だいじょうぶ》なのかしら？」

フォルテは屋敷《やしき》の厨房《ちゅうぼう》で焼き菓子《がし》をつまみながら銀髪《ぎんぱつ》の料理長に話しかけた。

「どうしたのですか？　急にそんな心配をして」

人のよさが滲《にじ》み出ている料理長は生地《きじ》を伸《の》ばして薄《うす》いパンを形作りながらフォルテを見下ろした。フォルテが手伝うと言っても「では占《うらな》いでお疲《つか》れでしょうから、この焼き菓子を食べてから」などと言っていつも休ませてくれる。

両親が健在の頃《ころ》から、ここでピットのお菓子《かし》作りを眺《なが》めながらおしゃべりするのが日課だった。この瞬間《しゅんかん》だけ、あの幸せだった頃に戻《もど》った気分になれる。

「ほら、もうすぐ国王陛下が譲位《じょうい》なさるって噂《うわさ》でしょ？　でも次の王になる王太子殿下《でんか》ってずいぶん太っていて、それはそれは凶悪《きょうあく》な人相らしいって噂なのよ」

「え？　王太子殿下は太っているんですか？　金髪の美青年だと聞いたことがありますが」

「以前に占ったご令嬢《れいじょう》の知り合いが王宮で働いていて殿下を見たことがあるらしいの。

王宮内でも一部の人間しかお顔を知らないって話だけれど、刺客《しかく》に襲《おそ》われて中庭に飛び出てきたところを偶然《ぐうぜん》見たそうよ。腕《うで》のいい側近に守られて、恐《おそ》ろしい形相で巨体《きょたい》を丸めて震《ふる》えていたらしいわ」

「そうなんですか……」

ピットは相槌《あいづち》を打ちながら、器用に生地を伸ばしてくるくると丸めている。

厨房の魔法使《まほうつか》いとまで言われるピット料理長は、若いがとても腕のいい料理人だ。

本当はあちこちの貴族から引《ひ》き抜《ぬ》きの誘《さそ》いがかかっているのだが、フォルテのためにこのヴィンチ公爵家にとどまってくれている。

「ここだけの話よ。気弱な陛下をずっと操《あやつ》ってきた重臣達が、譲位を機にクーデターを起こす動きが出ているみたいよ」

「フォルテ様、またそんな恐ろしい情報をこんな所で気軽に言って。誰《だれ》かが聞いていたらどうするんですか」

「大丈夫よ。他に誰かいたら教えてくれるから」

「え？　教えるって誰が？」

フォルテは慌《あわ》てて口を押さえた。

霊騎士《れいきし》ゴローラモのことを知っているのは、妹のビビアンだけだった。

「か、勘《かん》ってヤツね。ほら、私って昔から勘がいいでしょ？」

「ええ。それはそうでございますが……」

母テレサの死も、父の公爵の死も幼いフォルテは予知していた。

フォルテはゴローラモが霊として付き添《そ》う前から、勘のするどい子どもだった。

いや、そういうフォルテだからゴローラモが見えるのかもしれない。

「しかし、そんな情報をいったいどこから……」

「最近占いの仕事がすっかり評判になって、王宮の重臣なんかもお忍《しの》びで来ることがあるのよ。恋愛《れんあい》関係がほとんどの婦人方と違《ちが》って、国政の相談なんかが多いの」

「フォルテ様の得意分野でございますね」

「まあね。したこともない恋愛相談よりはよっぽど答えやすいわ」

フォルテは父が死んでから誰も入ることのない書斎《しょさい》に、こっそり入り込んで書物を読《よ》み漁《あさ》るのが趣味《しゅみ》のような変わった子どもだった。

しかし、その根底には不遇《ふぐう》な自分の立場に対する猛烈《もうれつ》な怒《いか》りがある。

こんな政治をする国王のせいで、自分と妹は不幸なのだと……。

おかげで政治のコアな相談にも、石の持つ意味を的確に伝えることができた。

「まさかクーデターが成功すると占ったのですか？」

「ううん。さすがにそんなことにはなってほしくないしね。クーデターが起これば、数年は国が乱れるわ。それに……成功しないだろうと思うの」

フォルテがそう思うなら、成功しないのだろうとピットは胸を撫《な》で下《お》ろした。

二つのうちどちらを選ぶか。

その選択《せんたく》においてのフォルテの勘は、幼い頃から本当に優《すぐ》れている。

「それにしても、やはり占い師《し》をやるのは危険ではないですか？　男性と二人きりで、もしものことがあったら……」

ピットは、フォルテが占い師をすることには最初から反対していた。

三年前、妹の薬を手に入れるために働くと言い出した時は本気で心配してくれた。

「大丈夫よ。『青貴婦人は四十代の未亡人』という設定で変装しているから。誰もその正体が十七の小娘《こむすめ》だなんて思ってないわ」

「でも万一ヴェールを取られて顔を見られたら。フォルテ様の美しさに心を奪《うば》われて無体なことをする輩《やから》が現れるやも……」

心配するピットをよそに、フォルテはぷっと吹《ふ》き出《だ》した。

「もう。そんなふうに思っているのはピットだけよ。顔を見られたら、こんな小娘に相談していたのかと怒《おこ》る人はいるかもしれないけど」

笑い飛ばすフォルテにピットは不安を滲ませた。

この公爵令嬢は知らないのだ。自分がどれほど美しい容姿をしているか。

社交界にデビューする前に両親を失い、屋敷の中しか知らない少女には、その美しさを讃える男性達と出会う機会がなかった。

さらには公爵が死ぬ前に犯《おか》した失態によって、明るい未来さえも失った。

この不憫《ふびん》な少女が頼《たよ》れる大人は自分しかいない。

そのことを痛いほど知っているからこそ、ピットはフォルテとその妹を守るために公爵家に残っているのだ。

《フォルテ様、ナタリー夫人がこちらに向かってきます》

ふいに霊騎士が風のように姿を現し、フォルテの横に跪《ひざまず》いて告げた。

「いけない！　お義母様《かあさま》が来るわ！」

フォルテは食べかけの焼き菓子を慌てて棚《たな》にしまい、公爵令嬢にしては質素なドレスの上からメイド用のエプロンをつける。

「フォルテ様、この生地をこねてください」

ピットは慌てて、まだ成型してない生地を大皿にのせて渡《わた》した。

フォルテは髪《かみ》を後ろに束ね、大急ぎで手を洗い生地をこね始める。

それとほぼ同時ぐらいに廊下《ろうか》から甲高《かんだか》い声が響《ひび》いた。

「フォルテ！　フォルテはどこ？　またピットのところなの？」

やがて厨房の戸口に義母のナタリー夫人が姿を現した。

フォルテは今気づいたという様子で、生地を丸める手を止め、布巾《ふきん》で軽く拭《ぬぐ》ってからドレスの両端《りょうたん》を持ち上げ貴族の娘の礼をする。

「ごきげんよう、お義母様。こんな所にまでなんのご用でしょう？」

見事な挨拶《あいさつ》をする義理の娘に、ナタリー夫人は細過ぎる眉《まゆ》を吊《つ》り上《あ》げ、口端を陰険《いんけん》に歪《ゆが》めた。

「またピットの手伝い？　本当に役に立っているのかしら？」

「非常に助かっております、奥様《おくさま》。ちょうどパンが焼き上がりました。よかったらお召《め》し上がりになっていかれますか？」

ピットが代わりに答えて窯《かま》からパンののった鉄板を出した。

パンの香《こう》ばしい匂《にお》いとチリチリ焼ける音が食欲をそそる。

「あら、美味《おい》しそうね。じゃあ一つだけ……」

ナタリー夫人は途端《とたん》に機嫌《きげん》を直して料理長に微笑《ほほえ》みかけた。

「美味しいわね。あなたの作る料理はどれも素晴《すば》らしいわ」

ナタリー夫人は年甲斐《としがい》もなく、色っぽい目でピットを見つめた。

「ピット、助手が欲《ほ》しいならもう一人料理人を雇《やと》ってもいいのよ。あなたがフォルテに手伝ってもらいたいと言うから、ここに寄越《よこ》しているけど、こんな素人《しろうと》が手伝っても役に立たないでしょう？」

「いいえ、決してそのようなことはございません。フォルテ様のおかげで助かっております。

どうかこのままお手伝いいただけたらと思います」

公爵令嬢が料理人の手伝いなど普通《ふつう》はしない。

だがここの手伝いがなくなったら、フォルテはもっと過酷《かこく》な労働に回されるのだ。実際に下働きがやるような掃除《そうじ》や洗濯《せんたく》をさせられていた時期もあった。それを見かねたピットが自分の助手に使わせてほしいと頼《たの》み込んでくれたのだ。

「あなたがどうしてもと言うなら仕方ないわね。ああ、そうそう。フォルテに用を言いつけに来たのだったわ」

「なんでしょうか？」

またいつもの雑用かと思いつつ、フォルテは作り笑いを浮《う》かべた。

「昼からペルソナ様がいらっしゃるのよ。お茶を出してほしいの」

その言葉にピットがぎょっとして隣《となり》にいるフォルテを見る。

フォルテは予想外の用事に唇《くちびる》を噛《か》みしめた。

「ほら、マルベラとの婚約《こんやく》話が進んでいるでしょう？　ペルソナ様ったらずいぶんマルベラが気に入ったようで、三日と空けず会いに来られるのだもの。ああ、そうだわ。美味しいケーキでも焼いておいてちょうだいね、ピット」

「か、畏《かしこ》まりました。ですが……お茶は誰か別のメイドに出してもらっては……」

ピットは、なんて意地の悪い女だろうかと思った。

ペルソナというのは、幼少からフォルテの婚約者として両家で約束を交《か》わしていた相手だった。しかし今は、ナタリー夫人の連れ子であるマルベラが婚約者にとって代わろうとしている。

「あら、知らない間柄《あいだがら》でもないのだし、ペルソナ様も久しぶりにフォルテに会いたいと言っておられたのよ。フォルテのために言ってあげてるんじゃないの」

「ですが……」

反論しようとするピットの腕をフォルテが引いた。

「いいのよ、ピット。私もペルソナ様には一度会っておきたかったから」

両親の葬式《そうしき》から一度も会っていない。

「でも……」

不安そうなピットにフォルテは微笑んでみせた。

「大丈夫。心配しないで」

「ああ、そうだわ。あなたにも朗報があったのよ、フォルテ」

ナタリー夫人は今思い出したように、意地の悪い顔でフォルテをちらりと見た。

「先日、王宮より招待状が届いたのよ。一カ月後の収穫《しゅうかく》祭の最終日に、王宮で舞踏《ぶとう》会が開かれるの。そこで王太子殿下に気に入られた姫君《ひめぎみ》が、新たに後宮に召されるらしいのよ。男爵《だんしゃく》以上の名家は、一人だけ娘の参加が許されているの」

「王宮の舞踏会？」

フォルテは弾《はず》んだ瞳《ひとみ》で頬《ほお》を紅潮させた。

別に王太子に見初《みそ》められたいわけではない。舞踏会というものに興味があるのだ。

「私が……行ってもいいのですか？」

継母《ままはは》になってから、初めてナタリー夫人がいい人だと思えた。

しかし、そんな思いは僅《わず》かの時間で覆《くつがえ》される。

「嫌《いや》だわ、何を勘違《かんちが》いしているの？　図々《ずうずう》しいわね」

「え？」

「もちろん、このヴィンチ家からはマルベラが行きます」

「え？　でも……」

ペルソナとの婚約話が進んでいるのではないのか……？

「田舎侯爵《いなかこうしゃく》のペルソナ様と王太子殿下の妃《きさき》だったら優先順位は決まっているじゃないの。だからマルベラがもし殿下に見初められて後宮に入ることになったら、ペルソナ様はあなたに返してあげるわ。朗報でしょう？」

フォルテはショックを受けた顔で義母の言葉を受け止めた。本来なら公爵家の正当な血筋であり、長子でもあるフォルテにすべての権利があったのだ。

ピットが心配そうに、ちらりとこちらを窺《うかが》ってくる。

しかし、この数年で奪われることに慣れたフォルテは、ゆったりと肯《うなず》いた。

「分かりました、お義母様。感謝致《いた》します」

フォルテはもう一度ドレスをつまんで頭を下げた。

《このくそ女め！　母親面しやがって！　精神的に参っておられた公爵様をたぶらかし、まんまと後妻に入り込んだ魔女《まじょ》め！　このっ！　このっ！》

つんと部屋を出ていくナタリー夫人を蹴飛《けと》ばしながら、ゴローラモが悪態をついている。

「ふふ。やめなさいったら……」

ただ一人見えているフォルテは、苦笑《くしょう》して窘《たしな》めた。

「え？」

ピットは首を傾《かし》げる。

「あ、いえ、なんでもないわ」

ナタリー夫人の様々な仕打ちにも明るく耐《た》えられるのは、このゴローラモがフォルテ以上の怒りをもって仕返しをしてくれているからだ。

ただし、まったくダメージを与《あた》えることはできないが……。

でも、むしろそれでよかったとフォルテは思っている。

「舞踏会に行きたかったのではないですか？」

ピットは気遣《きづか》うように尋《たず》ねた。

「まさか！　うっかり凶悪人相の殿下の後宮なんかに入ることになったらどうするのよ。絶対嫌よ！　マルベラが出てくれてよかったわ」

「でも王太子殿下ですよ。王妃《おうひ》になれるかもしれないのですよ」

「まっぴらごめんだわ。今の国王のせいで私達姉妹《しまい》はこんな境遇《きょうぐう》になったのよ」

フォルテは妹を不幸にしたデルモントーレ国王を、決して許さないと誓《ちか》っている。

もちろんその息子《むすこ》の王太子も同罪だ。


五年前に母テレサが亡《な》くなった。母を心から愛していた父であるヴィンチ公爵は、ショックのあまり部屋に引きこもるようになってしまった。それほど父は母を愛していた。

そんな時にメイドとして入り込んできたのが、ナタリー夫人だった。

どこぞの貴族の血筋だが今は没落《ぼつらく》してメイドとして働いているというナタリー夫人は、入った当初から態度がでかく図々しく、気づけばメイド頭のように振《ふ》る舞《ま》い、あっという間に父の世話を取り仕切るようになっていた。

その頃には無気力にベッドの上でほとんどの時間を過ごしていた父は、ナタリー夫人が世話をするようになってからさらに悪化し、一週間ほどで寝《ね》たきりになってしまった。

その寝たきりの父が、どういうわけかナタリー夫人と結婚《けっこん》すると言ったというのだ。

ナタリー夫人の手には、父の署名が入った結婚嘆願書《たんがんしょ》があった。

デルモントーレ国では、公爵の結婚は国王の承諾《しょうだく》を得ることになっている。

なぜなら、公爵家は政治に大きな一石を投じることができるからだ。

この国の政治は王と重臣達、そして王国の各地の領土を治める公爵家によって成り立っている。特にこのヴィンチ公爵家は、王宮にも近い領土を治める有力貴族だ。

だから公爵家の当主の結婚は、吟味《ぎんみ》に吟味を重ね、権力が集中し過ぎないか、不当な行《こう》為《い》がないかよくよく調べてからでないと許可が下りない。

「あんなインチキ嘆願書、陛下の許可が下りるわけがありません」

当時は健在で、フォルテの護衛騎士《きし》として働いていたゴローラモは、浅はかな女の戯言《たわごと》だろうと、さほど心配をしていなかった。

どう考えても身分違いで怪《あや》しい女の差し出す嘆願書など門前払《もんぜんばら》いだろうと思っていた。

公爵の結婚には二カ月ほど審査《しんさ》に時間がかかるので、その間に女の素性《すじょう》を調べて追い出せばいいと、軽く考えていたのだ。

だが、何をどうやったのか国王の許可は三日で下りた。

しかもその翌日、ヴィンチ公爵は亡くなってしまった。

そして一週間後には、ナタリー夫人は連れ子のマルベラを屋敷に呼び寄せ、すぐに別の男と結婚し、公爵家に婿《むこ》入りさせた。

それら一連のことに関する書類は、なぜか呆《あき》れるほど簡単に王の許可が下りた。

フォルテはヴィンチ公爵を名乗る義父に、いまだ会ったことはない。

ナタリー夫人とも会っている様子はない。

そして、何かの陰謀《いんぼう》を感じ密《ひそ》かに調べていたゴローラモは、眠《ねむ》り薬《ぐすり》を飲まされた翌日に死体となって見つけられた。

すべては五年前のほんの三カ月ほどの間に起こった出来事である。

そうしてフォルテは家督《かとく》を奪われすべてを失った。

頼りにしていた執事《しつじ》やメイド達はピットを除いて全員解雇《かいこ》され、ナタリー夫人の連れてきた怪しげな者達に入《い》れ替《か》えられた。

その上フォルテとビビアンは部屋から追い出され、狭《せま》い物置小屋に押し込まれた。

部屋にあったドレスも調度品もすべて奪われ、姉妹ですきま風の吹く質素な部屋で身を寄せ合って暮らしている。そして使用人の一人のようにこき使われてきた。だが元々体の弱かったビビアンは、過酷な暮らしで持病を悪化させ、今では薬が手放せない状態になっている。

フォルテだけなら、こんな家を捨てて占い師をしながら一人生きていったかもしれない。

しかし病弱な妹には屋敷を出ていく体力すらない。

だからどれほどひどい扱《あつか》いを受けようとも、ここで暮らすしかなかったのだ。

そんな苦しい暮らしを続けて五年。

「公爵家の家督がこんなに簡単に奪われるなんてありえないわ!!」

父の書斎でこっそり調べていたフォルテは、ゴローラモの言う通り、それがいかに異常な事態であるかを知った。王がきちんと政治を行っていれば、こんなことは起こるはずのないことだった。だから尚更《なおさら》、無能な王が許せなかった。


「お茶をお持ちしました」

フォルテは久しぶりに屋敷の茶話室に足を踏《ふ》み入れた。父が亡くなってから初めてだ。南向きのテラスに面した、お気に入りの部屋だった。両親が健在だった頃は、よくこの部屋で家族四人過ごした。時には、そう、このペルソナの一家も加わって午後のひと時を楽しんだ。五歳年上のペルソナは優《やさ》しい兄のような存在だった。

「やあ、久しぶりだね、フォルテ。元気そうでよかったよ」

優雅《ゆうが》にマルベラとテーブルにつくペルソナは、屈託《くったく》なく微笑んだ。薄い茶色の髪をおかっぱにした、見るからに温室育ちのタイプである。五年ぶりの姿は、あんまり変わってないように思えた。

「ずっと気になっていたんだ。急にご両親が亡くなられて、こんなことになるなんて思いもしなかったからさ」

　当時十二歳だったフォルテには、五歳年上の彼がずいぶん大人に思えたけれど、自分がその歳《とし》になってみると、そうでもない。でも、あの頃は大人で頼れる婚約者だと好ましく思っていたのは確かだ。初恋《はつこい》だったのだろうと思う。

　結婚相手が決まっていることに、特に疑問も抱《いだ》かなかったし、嫌とも思わなかった。フォルテもペルソナも、良くも悪くも与えられるままに貴族のレールに乗って生きていくことに異議を唱えるような反抗心《はんこうしん》も気骨もなかった。

　そしてペルソナは、今もそのレールに乗ったまま、親に言われるがままにマルベラと婚約しようとしている。なんの疑問も抱かずに……。

「ピットがチョコケーキを焼いてくれたの。ペルソナ様、好きだったでしょ？」

　フォルテがワゴンの上のケーキを取り分け、茶葉に湯を注ぐ。

　この五年ですっかり給仕《きゅうじ》仕事も板についた。

「ああ。よく覚えているね。マルベラも好きだよね」

　ペルソナは、向かいに座るマルベラに照れたように微笑みかけた。

「ええ。ペルソナ様。ピットの作るチョコケーキは最高ですもの」

　情熱的な黒髪がほどよいウエーブで腰《こし》まで伸びて、赤を基調としたドレスは胸が大きく開いて色っぽい。茶褐色《ちゃかっしょく》の瞳は艶《なま》めかしく、真っ赤な唇も魅惑的《みわくてき》だ。初めて義妹《ぎまい》だと紹《しょう》介《かい》された時、美しい人だと思った。深窓の姫君にはいないタイプの美人だ。

マルベラを見つめる様子を見ただけで、フォルテはペルソナがすっかり心を奪われているのを理解した。その程度には、この五年、人の顔色を読むことを覚えた。

幸か不幸か、公爵令嬢として苦労知らずだったフォルテのその苦しい経験が、占いに生かされるとは思いもしなかったが。

フォルテがペルソナを兄のごとく慕《した》うように、ペルソナもフォルテを妹のように思っていた。恋と言うには、お互《たが》いに近過ぎて刺激《しげき》のない仲だった。だからきっと思いがけず現れた魅惑的な恋人に、夢中になっているのだろう。

マルベラが代わりの婚約者になったことを心から喜んでいる。

別に悪気はない。悪気はないけど、思慮《しりょ》の足りない人だ。

マルベラに夢中になり過ぎて、給仕をしているフォルテの境遇さえも思い量る視野が欠けている。いや、きっと不幸というものを知らなさ過ぎて、気がつかないのだ。

こんな人を頼りにして慕っていたのだと、むしろ過去の自分に驚《おどろ》いた。

（幸せは人の成長を止めてしまうのね）

この五年の波乱万丈《はらんばんじょう》で、自分だけが実年齢《ねんれい》以上に歳を重ねてしまった。

だから、ペルソナが世間知らずで幼い弟のように思える。そのおかげなのか意外なほどショックを受けず冷静でいられる自分に、少しほっとした。

「どうぞ、ごゆっくり」

テーブルの上にお茶とケーキをセッティングして、フォルテは頭を下げた。

「え？　フォルテも一緒《いっしょ》にお茶を飲もうよ。いいよね？　マルベラ」

平気でこんなことも言えてしまうペルソナの無神経が悲しい。

「ええ。どうぞお座りになって、お義姉様《ねえさま》」

大人びているが、マルベラは一つ年下だ。小悪魔《こあくま》のような表情は見下しているようにも見える。

《この能天気男めええ!!　何考えてんだ！　元婚約者のくせに!!　ぺっ！　ぺっ！　ぺっ！　唾《つば》入り紅茶を飲みやがれ!!》

我慢《がまん》しきれなかったゴローラモが現れて、ペルソナの紅茶に唾を吐《は》きかけた。

だが、もちろん実害は加えていない。

フォルテは仕方なく、紅茶だけ持って席についた。

「知っている、フォルテ？　マルベラは今社交界で一番話題の姫君なんだよ。舞踏会が開かれるたびにマルベラの前にダンスの順番を待つ列ができるほどなんだ」

興奮したようにマルベラを褒《ほ》め称《たた》えるペルソナにフォルテは張りついた笑顔《えがお》を向けた。

《それをフォルテ様に言うのか!!　どんだけ無神経なんだああ!!》

ゴローラモがペルソナを蹴っ飛ばしている。

「そうそう。この間の白いドレスも素敵《すてき》だったよ。レースで作った薔薇《ばら》が散りばめられて、いつもと違う雰囲気《ふんいき》だったね」

フォルテは、紅茶を持つ手をぴたりと止めた。

「レースの薔薇？」

「ええ。お義姉様がわたくしに似合うだろうってクローゼットに置いていってくださったのよね」

マルベラはフォルテの反応を楽しむように意地悪な微笑《びしょう》を浮かべた。

違う。人にあげたりするはずがない。だって、あれは……。

あれは母テレサが生前、フォルテの社交界デビュー用に準備してくれたものだった。

二人で話し合ってデザインして、仕立ててもらった特別な……。

《ゆ、ゆるさん‼　親愛なるテレサ様、この者を斬《き》り捨《す》てる暴挙をお許しください！》

そんな事情をよく知っているゴローラモの怒りは頂点に達し、腰の剣《けん》をざっと引き抜き、目にも止まらぬ速さでマルベラを斬り捨てた。

……といっても、もちろんすべて彼女の体をすり抜け、少しも傷ついてはいない。

一方のフォルテは騒《さわ》ぐ霊騎士の声も耳に入らないほど、絶望に打ちひしがれていた。

傷ついた表情のフォルテを前にして、マルベラは一層満足げに目を細め、ペルソナ一人が何も気づかずニコニコと笑っている。

《このっ！　このっ！　出ていけ！　意地の悪い泥棒女《どろぼう》!!》
ゴローラモは項垂《うなだ》れるフォルテの代わりに、斬れない剣でマルベラを斬り刻み続けた。

「お姉様、何かあったの？」

今年十二歳になったビビアンはベッドに体を起こして、沈《しず》んでいる様子の姉に手を伸ばした。

「ちょっと考え事をしていただけよ。心配しないで。私のことよりあなたはどうなの？　今回はいつもよりいい薬が買えたのよ。少しは効果があった？」

フォルテと同じキャラメル色の髪の少女は、穏《おだ》やかに微笑んだ。

「ええ。お姉様のおかげでずいぶん楽になったわ。ありがとうございます」

「本当に？　じゃあまたこのお薬を買ってくるわね。先日のお客様がとてもお金持ちだったみたいで一万リルも置いていってくださったの。これで当分薬の心配はないわ」

明るく言うフォルテと反対にビビアンは瞳を翳《かげ》らせた。

「苦労をかけてごめんなさい、お姉様」

「何を言うのよ。全然苦労なんてしてないわ。占いは趣味みたいなものなんだから。あなたが気に病《や》むことなんて何もないのよ」

「でも私さえ病気でなければ、お姉様一人ならなんでもできたのに……。ペルソナ様でなくとも、お美しいお姉様なら妻に欲しいという貴族もたくさんいたはずだわ。それなのに私のせいで……」

「バカね。そんなことを思っていたの？　私は実はね、これでよかったと思っているのよ。もし、こんな境遇にならなければ、私は何も疑問を持たず、何にも怒りを感じず、何も考えないままに良家の貴族と結婚して人形のように生きるだけだったと思うの」

今頃《いまごろ》は、あの善良で思慮の欠片《かけら》もないペルソナの妻だっただろう。

「きっと私は何も知らず、そうね、幸せだったのかもしれないわ。でも、世間の理不尽《りふじん》も、王国の闇《やみ》も、婚約者の無知にも気づいてしまった。もう知らんぷりなんてできないのよ。そして知らないままの愚《おろ》かな自分でなくてよかったと思っているの。私は、私が正しいと思う人生を生きるわ。私はこちら側の人生を選べてよかったのよ」

選んだのではなく、こちら側の人生しか残っていなかったのではあるが。

ただ——心残りが何もないわけではなかった……。

「私のドレス……。お母様と一緒に選んだ宝物だったのに……」

ビビアンが眠りについたのを見届けて、フォルテは呟《つぶや》いた。

当時、翌年の十三歳の社交界デビューに備え、あのドレスを用意していた。母はまるで自分のことのようにフォルテのデビューを楽しみにしていた。だがデビューの直前で母は亡くなり、社交界に出ることもないまま部屋を追い出され、ドレスも行方《ゆくえ》知れずになっていた。

あれだけは手元に取り戻そうと密かに探していた。いつか社交界で着る日がくると信じていたのに。

フォルテと同年代の友人は、みんな社交界デビューをして華《はな》やかなダンスパーティーやサロンの音楽会や歌劇に興じている。そしてたくさんの恋をしている。

「ほんの少しだけね……経験してみたかった……」

この年頃の少女なら当然の願いだった。

そして本来ならその資格を充分《じゅうぶん》に持っていたのだ。

「せめてビビアンには経験させてあげたいわ。来年までに病気を治して、ドレスを新調して……ふふ……無理だわね……」

薬さえまともに買うお金がないのだ。

食事だけはピットのおかげで不自由ないのが救いだった。

「ううん！　きっと占い師で成功して、ビビアンを社交界デビューさせるわ！　そしていつか国王陛下をとっつかまえて、ヴィンチ家の家督のことを問《と》い詰《つ》めてやるの！」

決心したように立ち上がるフォルテは、翌日に起こる災難を知る由《よし》もなかった。

第三章　公爵令嬢、拉致される

フォルテが占《うらな》いをする『青貴婦人の館』は、ピットが森の中の食材を集める時に使っている小屋を借りていた。

ヴィンチ家から馬車で半刻《はんとき》ほどだが、ひと気のない深い森の中だ。

食材調達の手伝いという名目で、週に二日だけヴィンチ家のお屋敷《やしき》を抜《ぬ》け出《だ》してピットと共に馬車でやってくる。

「今日の予約は一件だけだから、そんなに長くかからないと思うの」

「はい。私はいつものように森の中で食材になりそうなきのこなどを探しています」

「いつもごめんなさいね、ピット」

「いいえ。食材集めのついでですから気にしないでください」

ピットが森の中に消えると、フォルテは青いドレスに着替《きが》えた。しかし着替え終わらないうちに小屋の外に馬の足音を聞いた。

(大変。もう来られたのかしら？　まだ予約の時間には早いのに)

慌《あわ》ててヴェールをつけたフォルテは、ゴローラモが必死の形相でこちらに駆《か》けてくるのに気づいた。

《フォルテ様！　お逃《に》げください！　外の様子がおかしいです。黒服の男達がこの小屋を取り囲んでおります》

「え？」

しかしフォルテが行動を起こすよりも早く、戸口に男二人が風のように現れ一瞬《いっしゅん》にしてフォルテの両腕《りょううで》を拘束《こうそく》する。

「きゃっっ!!　何をなさいますか!!」

《何しやがる！　フォルテ様を放せ!!　放せええぇ!!》

ゴローラモが剣《けん》で斬《き》り刻んでいるが、もちろん相手は気づいていない。

「お静かに。こちらの言う通りになさっていただければ、危害は加えません」

「言う通りにって……。こんな手荒《てあら》なマネをしておいて……あなた達はいったい……」

「ある高貴な方がお待ちです。今からしばしお付き合い願いましょう」

「い、嫌《いや》よ！　占いの予約が入っているのよ。大事なお客様なのに！」

「残念ながら我らと共に行くか、ここで死ぬか、選択肢《せんたくし》はこの二つだけです」

「な！」

《ふざけんな!!　この野郎《やろう》!!》

ゴローラモはすでに二十回は男達を斬り刻んだ。

だが抵抗《ていこう》も虚《むな》しく、フォルテは男達に連れ去られてしまった。


「この壺《つぼ》は霊感《れいかん》商法のインチキではなかったのか？　クレシェン」

アルトは執務《しつむ》机の真ん中にでんと置かれた占い師《し》の壺を見つめながら、そばに控《ひか》える側近に尋《たず》ねた。

「はい。そうです。王太子殿下《でんか》の第一の秘書官でもあるこの私に、占い師が売りつけようとしたまがい物。見るも腹立たしいインチキ壺でございます」

「ならばどこか棚《たな》の奥にでもしまっておけばいいだろう」

「いいえ。非常に高価な逸品《いっぴん》だと聞きましたので、それならせっかくなのでアルト様のおそば近くに飾《かざ》ろうかと思いまして」

「さすがに机の真ん中は邪魔《じゃま》だろう。窓辺にでも飾るか」

壺を動かそうとするアルトの手を、クレシェンはがしっと摑《つか》んだ。

「いいえ。これはアルト様のおそば近くに置きましょう。執務机が邪魔なら寝室《しんしつ》の枕元《まくらもと》にでも置いてはどうでしょうか？　ええ、それがいい。そうしましょう」

「……」

アルトはクレシェンの様子に不審《ふしん》を抱《いだ》いた。

「そういえば占い師に何を占ってもらったんだ？」

「ダルを見目麗《みめうるわ》しい腕《うで》っ節《ぷし》が強い武官と偽《いつわ》って恋愛《れんあい》の相談を致《いた》しました」

「ダルを？」

アルトは執務机から離《はな》れたソファで、嬉《うれ》しそうにおやつのクッキーを頬張《ほおば》るダルの巨体《きょたい》を見やった。見目麗しい腕っ節が強い武官……では決してない。

「私も占いなどバカバカしいと思っていましたが、青貴婦人はさすがに話題になるだけあって大したものです。ダルがモテないことも、剣が下手なことも当てました。おまけにアルト様に、非常に有能な側近がついていることまで当てた時に、これは本物だと確信致しました。だから三貴妃《さんきひ》様の占いにも期待できると思ったのです」

「やっぱり私のことまで占ったのか。そんなことだと思った」

「そうでした！　アルト様、今日はどなたかご令嬢《れいじょう》にお会いになりませんでしたか？」

「ご令嬢？　会うわけないだろう。王宮に呼《よ》び戻《もど》されて一年、暗殺騒《さわ》ぎもあってこの部屋からほとんど出ていないのはお前が一番よく知っているだろう」

父王が心配してというのもあるが、何よりこのクレシェンが心配性《しょう》の過保護だった。

「占い師によりますと近々に大恋愛をする相手との出会いがあるようなのです」

「お前、すっかり占い師に洗脳されておるな。本当は壺も欲《ほ》しくて買ったんじゃないのか？　だから私のそばに置こうとするんだろう？」

「いいえ！　私が占い師の言いなりに壺を買うような愚《おろ》か者《もの》に見えますか？　そんなことよりもご令嬢に出会ったかどうかです」

クレシェンは意固地に言い張ってから話題を切り替えた。

「残念ながら、女官や侍女ぐらいしか女人《にょにん》とは会っておらぬ」

「もしや、女官や侍女《じじょ》の中に？　最近新しく入った侍女はおりませんか？」

「いや、みな以前からいる母のような歳《とし》の女性ばかりだが……」

「アルト様はもしや年上好みでは？　この際、多少年配でも遠慮《えんりょ》せずに気に入った女性がいれば、おっしゃってください」

「なんだ、急に。この前まで男爵《だんしゃく》以上の身分の者でないと、と言っていたくせに」

「次に出会う相手と子を成さねば子宝に恵《めぐ》まれぬと言われたのです。ですから、この際どんな身分でも構いません。アルト様の子を生んでくれるなら、あざとい性悪《しょうわる》女でも文句は言いません」

「私が文句を言いたいがな」

すっかり占い師を信じている側近にアルトは苦笑《くしょう》した。

「ともかく、どうやって占い師に協力させるつもりなのか知らないが、手荒なマネはしないであげてくれ。気の毒な未亡人かもしれぬのだ」

「占い師なら、すでに拉致《らち》して間もなく到着《とうちゃく》する予定です」

「な！　拉致？　お前はなんということを……」

アルトは頭を抱《かか》えた。


尋問《じんもん》室ではフォルテが黒服の隠密《おんみつ》三人に見張られながら、ゴローラモに心の声でしゃべりかけていた。

（ゴローラモ、いったいここはどこなの？　馬車の窓は目隠《めかく》しがあってさっぱり分からなかったわ。私はどうなるの？　殺されてしまうの？）

《フ、フォルテ様……、どうかお気を確かにお聞きください。私《わたくし》ゴローラモは、その昔、デルモントーレ全土に名を馳《は》せる凄腕騎士《すごうできし》でございました。その信頼《しんらい》たるや殿下の近衛《このえ》軍の将軍に最年少で抜擢《ばってき》されるほどでございました》

（この非常時にあなたの自慢《じまん》話を聞く余裕《よゆう》はないのだけど）

フォルテは見当違《けんとうちが》いな話を始めた霊《れい》騎士に文句を言った。

《いえ、話したいのは自慢ではなく、つまり王宮に将軍用の一部屋を頂くほどの騎士だったのでございます》

(やっぱり自慢話じゃないの)
《で、ですから、端的《たんてき》に申し上げますと、ここは私がテレサ様の側近騎士になる前に、将軍職を辞すまで住まった場所でございまして……》
(住まった場所?　つ、つまりここは……?)
フォルテは唖然《あぜん》としてゴローラモを見た。
《はい。紛《まぎ》れもなく王宮。しかもかなり陛下のお部屋に近い中心部でございます》
(な、な、なんでそんな所に私が?)
《こっちが聞きたいです。なぜこんなところに拉致されたのですか!　ああ、親愛なるテレサ様。あなたの愛娘《まなむすめ》はどうなるのでしょう?　ここはおそらく重大な犯罪者が尋問される場所です。将軍の私ですら、足を踏《ふ》み入《い》れたこともない王宮の最深部です》
(な、なんでそんな場所に?　まさか!　霊感商法がバレて?)
《そんなチンケな犯罪で連れてこられる場所ではありませんよ。もしかして先日クーデターの占いをしたことで、仲間だと思われているのかもしれません》
(そ、そんな……。私は占いをしただけで、しかも成功しないって言ったのに)
《あの壺を買った青年。思い返してみれば王子様達のご学友の中に、神童と呼ばれる非常に頭の切れる少年がいました。モレンド侯爵《こうしゃく》家の確か……クレシェン様とおっしゃいましたか。五年前には王太子殿下の側近として、次期宰相《さいしょう》候補なのではと陰《かげ》で言われてお

りました。もしやあの方は……》

（さ、宰相候補？　王太子殿下の側近？　まさか……）

だが、言われてみれば身なりといい、態度といい納得《なっとく》できる。

（恋占《こいうらな》いを装《よそお》って、青貴婦人を偵察《ていさつ》に来ていたの？）

そうとも知らず、壺を売りつけてしまったのだとしたら……。

（ど、どうしよう、ゴローラモ。もしも、もしもヴィンチ家の娘だと知られて家に押しかけられたら……。きっとあのナタリー夫人のことだわ。いい機会だと、私とビビアンをお屋敷から追い出すわね。自分達は無関係だと言って。そんなことになったらビビアンは……。どうしよう……）

《ビビアン様の心配より、まずはご自分の命の心配をなさってください。とにかく名を明かさないことです。できればヴェールも取らない方がいいでしょう》

（わ、分かったわ）

フォルテは事の重大さに震《ふる》える手を必死で押さえて覚悟《かくご》を決めた。


「やっぱり騎士の恰好《かっこう》は動きやすくていいな」

アルトはクレシェンが立ち去った部屋で服を着替えながらダルに話しかけた。

「また騎士に変装するんですか？　クレシェン様にバレても知りませんよ」

ダルは、煌《きら》びやかな衣装《いしょう》を脱《ぬ》ぎ捨《す》て全身黒の騎士姿になっていくアルトを見ながら不安そうに八の字眉《まゆ》を下げた。

「だからもしもの時は、ダルがうまく誤魔化《ごまか》してくれ。私は疲《つか》れたから寝《ね》たとかなんとか言って。そのために寝ている時に部屋に入ると激怒《げきど》する設定にしてある」

王宮に来てから部屋に軟禁《なんきん》状態のアルトは、その閉塞《へいそく》感に耐《た》えきれず度々《たびたび》騎士姿に変装して王宮内を散策している。ダルと女官長だけがそれを知っていて、密《ひそ》かに手引きしたり誤魔化したりしてくれていた。

ありがたいことに王太子の部屋の寝室にはクーデターなどの大事の時に逃げるための隠し通路がある。寝室から後宮の仮宮に出ることができ、その後宮にはさらに王が外に抜け出るための隠し通路もあるらしいが、そこはまだ見つけられていない。

今のところ仮宮経由で王宮内部を散策するにとどまっている。

「ですが最近あまりに頻繁《ひんぱん》だからクレシェン様も怪《あや》しみ始めていますよお。アルト様は寝過ぎじゃないか、何か病気ではないかとおっしゃっていました」

「クレシェンが占い師に無茶を言わないか心配なんだ。こっそり様子を見てくる。少し様子を見たらすぐ戻ってくるから」

アルトは仕上げに肩にかかる黒髪《くろかみ》のかつらを被《かぶ》って、王太子の部屋をこっそり出た。

クレシェンが部屋に入ると、フォルテは立ち上がりドレスをつまんで貴婦人らしく膝《ひざ》を落として挨拶《あいさつ》をした。そしてそっとクレシェンの容姿を確認《かくにん》した。

（やっぱりあの日壺を買った貴族の方だわ）

顔ははっきり見えなかったが背格好と、何より手入れのいい栗色《くりいろ》の巻き毛が同じだ。

フォルテの両脇《りょうわき》と背後には黒服の隠密が立っている。

そして霊騎士ゴローラモは、フォルテのすぐ横で片膝をつき拝礼していた。長く王宮を離れていたとはいえ、染《し》みついた忠臣の慣習は霊になっても変わらないらしい。

「青貴婦人よ。そなたほどの力があれば、ここがどこか分かるかな？」

クレシェンは試《ため》すように尋ねた。

「王宮……でございますわね、クレシェン・モレンド様」

フォルテは弾《はじ》けそうな鼓動《こどう》を抑《おさ》え、精一杯《せいいっぱい》強気の姿勢で答えた。

「ほう。私の名まで分かったか」

（やっぱりゴローラモの言った通り、王太子殿下の側近、クレシェン様だった）

フォルテは改めてとんでもないことになりそうな予感に青ざめた。

「ではそなたもヴェールを外し、名を申せ」

クレシェンは途端《とたん》に命令口調で告げた。

「そ、それは……ご容赦《ようしゃ》くださいませ……」

フォルテは心臓が飛び出そうになるのを必死でこらえて答えた。

「私の命令が聞けぬと？　反逆罪になりたいか？」

クレシェンはすでに得意の脅迫《きょうはく》モードに入っている。

「わ、私は極度の人見知りでして、人前でヴェールを外して素顔《すがお》をさらすと、占いの能力を失《な》くしてしまうのでございます。どうかヴェールを外すのだけは……」

「占いの能力が？」

クレシェンは怪しみながらも考え込んだ。占いができないのは困るらしい。

「では名を申せ。どこの夫人だ」

「わ、私はさる貴族の方の妻でございましたが離縁《りえん》されてしまいました。今はひっそりと病弱な娘と暮らす身なれば、名を公《おおやけ》にして元夫の迷惑《めいわく》になりたくありません。どうか名前もご容赦くださいませ」

ゴローラモとさっき慌てて考えた筋書きを口にする。

「なんだとっ!!　名も申せぬと言うか!!」

怒《いか》りで剣まで引き抜きそうなクレシェンに、さすがにフォルテは青ざめた。

「どうかお許しを！　私にできることならなんでも致しますので、どうか……」

フォルテは両膝をついて祈《いの》るような姿勢になって震えた。

霊騎士ゴローラモまで膝をついたまま震えている。

「この女！　優《やさ》しくしていればつけ上がりおって、死にたいか‼」

フォルテはもう今では目に見えるほどにガタガタ震えていた。

「どうかお許しを！」

いよいよ斬り捨てられるかと思ったが、クレシェンは怯《おび》える占い師を見て満足したのか、急に態度を和《やわ》らげた。

「まあよい。本題に入ろう。実は陛下の後宮の三貴妃様が青貴婦人をご所望《しょもう》なのだ」

「……三貴妃様が？」

フォルテにも王の後宮の知識なら幾分《いくぶん》かはある。

二十年以上も前に重臣の三貴族から嫁《とつ》いだ三人の姫君《ひめぎみ》達だ。かつて母テレサも妃《きさき》候補に名前が上がったことを考えると、フォルテの母親ぐらいの年齢《ねんれい》のご婦人方だろう。

「さ、三貴妃様が私などに何用でございますか？」

えらいことになってしまったとフォルテはまだ震えが止まらない。

「占い師なのだから占いをしてもらいたいのだろう。どういう相談内容なのかまでは私も知らない」

「う、占いをすればよいのですか？」

「そうだ。占いをすればいい。ただし何点か聞き出してもらいたいことがある」

「聞き出す？」

「そうだ。そなたも聞いたことがあるだろう。後宮の黒い噂《うわさ》を」

「く、黒い噂……」

フォルテはごくりと唾《つば》を飲み込んだ。

「後宮ではこれまで多くの死人が出ている。後宮に暮らしていた王子が二人に、妃は全部で五人。みな毒殺、転落死などの不審な死に様だ。おまけに行方《ゆくえ》知れずとなった側妃は数えきれない。そんな中で三貴妃様だけが、今でも健在だ」

「そ、そんなにたくさんの死人と行方不明者が……」

フォルテは青ざめた。

二人の王子とその母の死しか一般《いっぱん》には知られていない。まして後宮の外でも密かに育てられた王子に死人が出ていることは一部の重臣にしか知られていなかった。

「占いをするふうを装って、誰《だれ》が手を下したのか探《さぐ》ってほしい。そしてその証拠《しょうこ》を掴んでほしいのだ」

「そ、そんな大それたことを、この私が……」

クレシェンは知らないだろうが、まだ十七の小娘なのだ。いくら勘《かん》がいいといっても、あまりに荷が重い。

「そ、それに占った内容を他人に洩《も》らすのは契約違反《けいやくいはん》でございます。私の信用にも関わりますゆえ……」

「できぬと申すか？」

クレシェンの瞳《ひとみ》が怪しく光った。

「はい。申し訳ございませんが……」

「では詐欺《さぎ》容疑でこのまま牢《ろう》に入ってもらうか」

「え？」

フォルテは驚《おどろ》いてクレシェンを見上げた。

「先日の壺を、よもや私があっさり騙《だま》されて買ったとは思ってないだろうな？」

「つ、壺……。ではクレシェン様は分かっていて……」

フォルテの額にじわりと汗《あせ》が滲《にじ》み出る。

「当たり前だ！　壺を肌身離《はだみはな》さずそばに置けば望みが叶《かな》うなどと、そんなバカげた話を私が信じると思ったのか？　この私が！」

フォルテは蒼白《そうはく》になった。

「これはデルモントーレ国法、第五十四条、まやかしの価値で物を売りつけることを禁止する条項《じょうこう》に抵触《ていしょく》しておるな。または第九十二条、買わねば望みが叶わぬという恐怖《きょうふ》を植えつける脅《おど》し文句を使った脅迫罪にも引っかかるか。犯罪者ともなれば、拷問《ごうもん》してでも素《す》性《じょう》を吐《は》かせ、爵位があればもちろん剝奪《はくだつ》し、離縁した夫も尋問せねばならぬな」

フォルテは震える声で尋ねた。

「ご、ごうもん……とは……どのような……」

「まずは指の爪《つめ》を一つ一つ剝《は》がし、それでも答えねば天井《てんじょう》から逆《さか》さ吊《づ》りにしてムチで打ち、それもダメなら素《す》っ裸《ぱだか》にして街中にさらし、知っている者は名乗り出よと札を立てて……」

「ひぃいいい‼　申し訳ございません！　お許しください！　病気の娘のためにどうしてもお金が必要で、出来心でやってしまいました。どうか……どうか、お許しを……」

フォルテはガタガタと床《ゆか》にひれ伏《ふ》した。

あっけなく白状したフォルテに、クレシェンは心の中で壺に効力がなかったのかと少しだけがっかりした。

「本来なら即刻《そっこく》牢屋に入れるところだが、後宮の三貴妃様の件を引き受けるというなら、帳消しにしてやってもいい。さあ、どうする？」

「や、やります‼　やらせてください‼」

フォルテは涙目《なみだめ》で答えていた。

「必ず王子と妃殺しの黒幕を見つけるのだ。何がなんでも聞き出せ！」

「は、はい。分かりました」

「万が一、何も聞き出せなかったら分かっているだろうな？」

「ど、どうなるのですか？」

青ざめた顔で見上げるフォルテに、クレシェンは悪代官の顔でにやりと笑った。

「一生牢屋で暮らしてもらうことになるな」

「そんなあ……」

アルトは尋問室でのクレシェンと占い師のやりとりを、隣室《りんしつ》のドアの隙間《すきま》から身の縮む思いで見ていた。何度出ていってクレシェンを止めようとしたか分からない。

（クレシェンは善良な国民に、いつも陰でこんなことをしているのか？）

アルトや国のためなら平気で悪事を働くことができるのは分かっていたつもりだが。

目の当《ま》たりにすると、占い師が気の毒だった。

（病気の娘がいると言っていたか。帰らぬ母をさぞ心配していることだろう）

何か力になってあげたいとアルトは思った。

（だがそれにしても……）

アルトには、一つだけ気になることがあった。

第四章　謎の黒騎士アルト

フォルテは、さっそく後宮の一室に案内され貴賓扱《きひんあつか》いで宿泊《しゅくはく》することになった。

隠密《おんみつ》三人は、一番端《はし》の小さな一室にフォルテを連れてきた。

後宮だが建物内部以外は男子禁制というわけではないらしい。

ドアの外に見張りを一人残されて、部屋に入った。

「ここは……後宮の中だからやっぱり国王陛下の殺されたお妃様《きさきさま》なんかが使っていた部屋なのかしら？　豪華《ごうか》だけど、なんだか気味が悪いわ」

フォルテは、小花柄《こばながら》の瀟洒《しょうしゃ》な部屋を見回して身震《みぶる》いした。

《私もさすがに後宮には入ったことはございませんが、歩いてきた位置から考えますと国王陛下の側妃《そくひ》や王太子殿下《でんか》の妃などが入られる仮宮ではないかと思います》

「仮宮……」

《閑散《かんさん》とした様子から、現在この仮宮にお住まいの姫君《ひめぎみ》はいらっしゃらないようですね》

「そういえばクレシェン様は占《うらな》いで高貴なお方の結婚《けっこん》を心配されているようだったわ。じゃあもしかしてあの時占った方は王太子殿下だったのかしら？」

《おそらくそうでございましょう。どうやら殿下は、まだ一人の妃もいらっしゃらないようでございますね。あるいは妃はいたが、殺された可能性もあります》
「ま、まさか殿下の妃まで⁉　どうして？」
《三貴妃《さんきひ》様にとっては、自分達を後宮から追い出す理由になる存在が目障《めざわ》りでしょうからね》
フォルテはぞわりと後宮の黒い闇《やみ》が自分に襲《おそ》いかかってきたように感じた。
「こ、こんな所、一刻も早く出ないと。へたな占いをしたら私も殺されるかもしれないわ。気に障《さわ》ることを言って殺されたらどうしてくれるのよ」
《クレシェン様にとって、占い師《し》が一人殺されたところで痛《いた》くも痒《かゆ》くもありません》
「な！」
フォルテは自分がいかに危《あや》うい立場なのか、はっきりと実感した。
「と、ともかくクレシェン様を納得《なっとく》させる証拠《しょうこ》を摑《つか》んで早く帰りましょう。ヴィンチ家だって私がいないことに気づいたら、ビビアンがお義母様《かあさま》から何をされるか分からないわ。ピットがうまく誤魔化《ごまか》してくれているといいのだけど」
《ピット殿《どの》ならきっとうまくやってくれてます。黒幕さえ突《つ》き止《と》めればいいのです。このゴローラモにお任せください！　明日にも解決してみせます》
胸を張る霊騎士《れいきし》だが、あまり当てにできそうにない。霊の身では生前の剣《けん》の腕《うで》も役には立たないのだ。現にこうしてあっさり拉致《らち》され、後宮に放り込まれている。

《そのお顔は疑っておいでですね？　フォルテ様は私《わたくし》が幽霊《ゆうれい》だということをお忘れのようでございます。この姿は誰《だれ》にも見えないのでございますよ。壁《かべ》を通《とお》り抜《ぬ》けるのも余裕《よゆう》でございます。まずは後宮内を探《さぐ》ってまいりましょう。しばしお待ちを》

「あっ……ちょっと、ゴローラモ！」

フォルテが呼び止めるのも聞かず、ゴローラモはすっと姿を消してしまった。

「思いついたらじっとしていられないんだから。もう少しそばにいてほしかったのに」

知っているよりも遥《はる》かに殺された人数の多いいわく付きの場所だ。こんな所で一人にされて、十七の少女が不安にならないわけがない。

「まさか、後宮がこれほど深刻な状況《じょうきょう》になっていたなんて……」

フォルテは思った以上に荒廃《こうはい》した王家に眉《まゆ》を寄せる。

確かに黒幕を掴むのは王家にとって重大な事案だ。しかし、王家を恨《うら》むフォルテにとって、彼らを助けるようなことをするのもなんだか腑《ふ》に落ちない。

それに何より、ここにいると気味が悪いのだ。

「窓の外からは逃《に》げられないかしら？」

フォルテは厚地のカーテンを引いて窓から見える景色を確認《かくにん》する。

大きな掃《は》き出《だ》し窓を開けると、背の高い塀《へい》に囲まれてはいるものの月明かりに照らされた庭には二人掛《が》けのテーブルセットまであった。
塀を登れないものかと庭に出ようとしたフォルテは、人の気配を感じてはっとした。
(誰っ⁉)
黒い影《かげ》が庭を横切り、フォルテの背よりも高い塀にひょいと飛び乗った。
(何？　まさか刺客《しかく》？)
月明かりを背に、塀の上に立つ人影がこちらに振《ふ》り向《む》いた。
流れる黒髪《くろかみ》と騎士のような黒服は分かったが、逆光ですべてが真っ黒だった。
(私のことを探ってたの？　なぜ？　誰なの？)
だが足は震《ふる》え、カーテンを摑んで立ちすくむことしかできない。
そして黒の騎士はまばたきする間に闇に消えてしまっていた。

《黒の騎士？　それはまたずいぶんロマンチックな夢を見ましたね。後宮内を探索《たんさく》して戻《もど》ってみると、すでにすやすやと眠《ねむ》っておいででしたからね》
「ゆ、夢じゃないわ！　ゴローラモったら肝心《かんじん》な時にいないのだもの。全然帰ってこないから久しぶりにふかふかのベッドに寝《ね》そべってたら、あっという間に眠ってしまったのよ。

しょうがないでしょ！」
ヴィンチ邸《てい》では、粗末《そまつ》なわら敷《し》きの固いベッドにビビアンと一緒《いっしょ》に寝ている。ビビアンの体調がよくない時は、板張りの床《ゆか》に眠ることさえあった。
《フォルテ様が熟睡《じゅくすい》できたならよかったです。夢まで見るほど深い眠りだったようで》
「だから夢じゃないんだったら！　側妃達を殺した暗殺者だったらどうするのよ」
必死で訴《うった》えるフォルテに、ゴローラモも珍《めずら》しく真面目な顔になった。
《私も周辺を見て回りましたが、どうも嫌《いや》な気配というか、霊体のままでは近づきづらい場所がいくつかございました。軽はずみに歩き回ると消滅《しょうめつ》させられそうな嫌な感じでございます》
「し、消滅？　嫌よ、ゴローラモ。今成仏《じょうぶつ》なんかしないでよ！　一人にしないで！」
《分かっております。ですので、こうなったら今まで封印《ふういん》してまいりましたが、霊騎士のとっておきの秘策を使うしかないと覚悟《かくご》を決めました》
「秘策ってまさか！　あの禁断の能力のこと？」
《はい。もはや綺麗事《きれいごと》は言っておられません。使える能力はすべて使って対処するしかございません》
ゴローラモは拳《こぶし》を握《にぎ》りしめ、神妙《しんみょう》に肯《うなず》いた。
「でもあの能力は条件が揃《そろ》わないと難しいんじゃ……」

ちょうどその時ドアがノックされ、慌《あわ》ててヴェールをつけたフォルテの元に豪華な朝食と共に三人の侍女《じじょ》が現れた。

「青貴婦人様、クレシェン様よりお世話を言いつかりました。私は王太子殿下付きの女性すべてを取りまとめる女官長のブレスと申します。青貴婦人様もこちらにおられる間は、私の管理下に入っていただきます」

四十代とおぼしきブレス女官長は、挨拶《あいさつ》が済むとテキパキと朝食の配膳《はいぜん》を命じている。

その女官長が、まん丸に太っているのを見て、フォルテはゴローラモに目配せした。

ゴローラモはフォルテと目が合うと、ぶるぶると拒絶《きょぜつ》するように首を振っている。

「朝食の前にこちらのドレスに着替《きが》えていただくように仰《おお》せつかっております」

ブレス女官長の後ろから衣装《いしょう》箱を持った別の侍女達が入ってきた。

「着替え？　でも私はこのままで……」

女官長はフォルテのドレスを上から下まで見た後、バカにするようにふんっと笑った。

「後宮の三貴妃様はお目汚《よご》しを何より嫌《きら》います。占い師といえども、そのような質素な衣装で対面されては気分を害されてしまいますわ。クレシェン様が青いドレスを用意してくださっておりますので、こちらに着替えていただきます」

「お目汚し……質素……」

ショックだった。

この衣装は占い用にピットにお金を借りて町の服飾《ふくしょく》店にオーダーした精一杯《せいいっぱい》の一張羅《いっちょうら》だったのに。ピットはいらないと言ったけど、ようやく返済し終わったばかりの、現在フォルテが持っている中で一番高いドレスだった。

「お手伝い致《いた》しましょう」

ブレス女官長は、フォルテのヴェールに手を伸《の》ばした。

「ま、待って‼」

フォルテは慌てて後ずさる。

「ヴェールをつけたままでは着替えられません。朝食も食べられませんよ」

「そ、そうだけど……」

「さあさ、朝食がさめてしまいますわ。急いでお着替え致しましょう」

ブレス女官長は見た目通りの強引《ごういん》さで、フォルテのヴェールに手をかけた。

「ゴローラモ‼」

フォルテは慌てて叫《さけ》んだ。

「は？　誰のことでございますか？」

ブレス女官長が首を傾《かし》げる。

「もう！　こうなったらしょうがないでしょ？　嫌がってないで早く‼」

「何をおっしゃって……」

言いかけた女官長の首がカクンと落ちた。

そして次の瞬間《しゅんかん》、悲愴《ひそう》な表情を浮《う》かべて元の位置に戻った。

「ひ――ん、気持ち悪い。嫌だ、嫌だ～～！」

突然妙《とつぜんみょう》な声を出す女官長に、侍女達はぎょっとして振り向いた。

「情けないことを言ってないで、ちゃんとやってよゴローラモ」

フォルテは小声で女官長に囁《ささや》いた。

女官長は諦《あきら》めたようにゴホンと一つ咳払《せきばら》いをした。

「あー、皆《みな》さま。こちらの占い師様のお世話は私が一人でやります。そのようにクレシェン様から言いつかっていたのを忘れていましたわ。さあ、配膳が済んだら行ってちょうだい。あなた達も、衣装箱を置いたら出ていってちょうだい」

「で、でもブレス女官長様……」

侍女達がざわざわと不安そうに言《い》い募《つの》る。

「私の言うことが聞こえなかったの？　早く言う通りになさい!!」

少し強めに言うと、侍女達は怯《おび》えたようにそそくさと部屋を出ていった。

どうやら、この女官長は相当怖《こわ》いお局《つぼね》様らしい。

女官長と二人きりになると、フォルテは安心したように椅子《いす》にどっと腰《こし》かけた。

「あ、危なかった。よかったわ、女官長が豊満な女性で」

「何がよかったんですか！　よりにもよって、こんなブヨブヨの体……」

女官長は自分の体を見回して嘆《なげ》いた。

「仕方がないじゃない。ゴローラモが太った人にしか取り憑《つ》けないんだから」

「わーん、どうせ憑くならもっと美人がよかった。こんな贅肉《ぜいにく》だらけのだらしない体、気持ち悪いよ〜！　嫌だ、嫌だ」

「でも女官長よ。これで女官と侍女は牛耳《ぎゅうじ》れるじゃない。ラッキーだったわ」

「うっうっ。他人事《ひとごと》だと思って。私の大地のように広い魂《たましい》は、細身の体では受け止めきれず、太った人にしか憑けないんですよ。なんて悲しい現実。ああ、親愛なるテレサ様。このような体に憑依《ひょうい》した私をお許しください。あなたの精悍《せいかん》な騎士はこんな体に成り果ててしまいました。テレサ様にこの姿を見られなかったのが、せめてもの救い……ううう」

ゴローラモは、贅肉がたぷたぷと揺《ゆ》れる体で手を組み、天を見上げて懺悔《ざんげ》した。

用意されたドレスに着替えたフォルテは、いつでも顔を隠《かく》せるようにヴェールを頭の上にたくし上げておいた。

「じゃあ朝食を食べましょう。ゴローラモも食べていいわよ」

テーブルには、豪華な食事がセッティングされていた。

「ほ、ほんとですか！　うわあ、物を食べるなんて久しぶりだなあ。死んで以来です」

「普通《ふつう》は死んだら食べないけどね」

焼きたてのパンにシチューにたくさんの果物。

テーブルの上は五人分ぐらいの食事が並んでいる。

「いただきま――す‼」

ゴローラモは大喜びで久しぶりの幸福を文字通り味わった。

「さすが王宮ですねえ。朝からこんな豪勢《ごうせい》な食事なんて……はむっ、うぐっ」

ゴローラモは見た目そのままの食欲でパクパク口に放り込む。

「なんと、この体は食べても食べても満腹になりませんぞ。気持ちいいぐらい食べ物が胃《い》袋《ぶくろ》に吸《す》い込まれていきます‼」

逆にフォルテはその食べっぷりに圧倒《あっとう》されて、食欲がなくなってしまった。

「食材は確かに素晴《すば》らしいけど、そうねえ、ピットの方が味はいいかしら」

「ピット殿ですか。私の生前はまだ駆《か》け出しの料理人でしたからね」

「あの頃《ころ》よりずいぶん腕を上げたわよ。食べさせてあげたいわ」

「屋敷《やしき》には憑依できる巨漢《きょかん》はいませんからね。ナタリー夫人をもっと太らせるようにピット殿に言っておいてください。私が夫人に憑依できたら、悪事をすべて暴露《ばくろ》してすぐにフォルテ様に家督《かとく》を返して家を出ていきますよ」

「うふふ。そうね。そんなことができたら簡単なのにね」

気づけばテーブルの食事を完食していた。

後片づけに侍女達を部屋に入れると、みんな空っぽになった皿とフォルテの体を交互《こうご》に見て、細身のくせにとんでもない大食いの女だと驚《おどろ》きを隠せないままに下がっていった。

「では後ほどお迎《むか》えにあがります、青貴婦人様」

ゴローラモ女官長は、朝食でさらに巨大になった体で頭を下げて出ていった。

このまましばらくブレス女官長に成り代わって王宮を探ることにしたのだ。


「ブレス女官長、そちらは後宮の本宮でございますよ」

「あ、あら、そうだったわね。方向音痴《おんち》になっちゃったわ。ほほほ」

いつもと様子のおかしい女官長に、侍女達は首を傾げて配膳室に入っていった。

そして手持《ても》ち無沙汰《ぶさた》に入り口で仁王立《におうだ》ちする巨体の女官長に、侍女達は何かダメ出しされるのかと震え上がったが、単に何をしていいか分からないだけだった。

先に女官長がどういう一日を過ごしているのかリサーチしておくべきだった。

「ブレス女官長様！」

そんなゴローラモが後ろから侍女の一人に呼びかけられた。

「な、何かしら？」

「クレシェン様がお呼びです。占い師様にご挨拶の後、部屋に来るように言っていたのにまだかと……」

「あ、あら。そうだったわ。ちょっと頭がぼんやりして……。お部屋まで一緒に行ってくれるかしら？」

「は、はあ。いいですけど……」


「まったく。すぐに部屋に来いと言ったのに何をしているんだ、ブレス女官長は！」

アルトの執務《しつむ》室では、いらいらしながらクレシェンが部屋を歩き回っていた。

「太っていると歩くのに時間がかかるんです。許してあげてください、クレシェン様」

ダルは、同じ肥満仲間としてブレス女官長には寛容《かんよう》だった。

そして朝食をまたしても食べ過ぎてソファにぐったり座っている。

「お前は朝から食い過ぎなんだ、ダル！　毒見と言いながらお前がほとんど食べてるじゃないか！」

「でも残すともったいないんで……」

ダルは毒見ついでにアルトが残した食事を完食するのが日課になっていた。

「少しは運動したらどうだ！　また昇級《しょうきゅう》試験に落ちるぞ。早く殿下の側近に相応《ふさわ》しい地位に上がれと言っているのに」

口ではひどく罵《ののし》るくせに、クレシェンはダルを気に入っていた。恐《おそ》ろしい顔の割に心根が優《やさ》しく絶対に裏切らない誠実な人柄に信頼《しんらい》を寄せている。あとは剣の腕さえ上達すれば王太子の側近として悪くないと思っているのに。

「まあ落ち着いてクレシェンも朝食を食べたらどうだ」

アルトは一人掛けのソファに座って食後のフルーツをつまみながら言った。

朝食はアルトの要望で、毎朝ここで三人揃って食べることになっている。

三人掛けのソファにふんぞり返って座るダルと、一人掛けソファで姿勢よくフルーツを頬張《ほおば》るアルトを見ていると、どの角度から見てもダルの方が主人に見える。

「私はブレスの話を聞いてから食べます。まったく、何をしているのだ」

やれやれとクレシェンが肩《かた》をすくめたところに部屋の外から声がかかった。

「ブレス女官長様がいらっしゃいました」

「入れブレス！　遅《おそ》いぞ！　挨拶をしたらすぐに来いと言っただろう！」

クレシェンが怒鳴《どな》った。

つき添《そ》いの侍女と共に部屋に入ったゴローラモ女官長は、跪《ひざまず》いて拝礼する侍女に倣《なら》ってクレシェンの前で太い膝《ひざ》をついた。

「も、申し訳ございません。少し気分が悪くなってしまい……」

「気分が？　まあいい、早く報告せよ！　あの占い師はどんな顔だった？　知っている顔ではなかったか？」

ゴローラモ女官長は、はっと顔を上げた。

（そういうことか。着替えを手伝うふうを装《よそお》って顔を見てこいと命じられていたんだな）

すぐに理解するとゴローラモは答えた。

「残念ながらまったく知らないお顔でございました。非常に恥《は》ずかしがり屋の占い師様ですので今後のお世話は私が一手にお引き受け致します。私にだけはずいぶん心を開いてくださったようですので」

「ブレス女官長に？」

クレシェンは若い女官や侍女に恐れられている強面《こわもて》の女官長を見下ろし、首を傾げた。

「お前に心を開いたなら誰でも大丈夫《だいじょうぶ》そうだがな。まあいい。歳《とし》はどうだ？　何歳ぐらいに見えた？」

ゴローラモ女官長はすぐに答えた。

「おそらく四十代かと思われます。良家の貴婦人のようにお見受け致しました」

「ふむ。嘘《うそ》はないか……」

クレシェンは少し考え込んだ。

「他に何か気づいたことや怪《あや》しい様子はなかったか？」

クレシェンの問いに、ゴローラモは「いいえ、何も」と首を振った。

すると隣《となり》に跪く侍女が声を上げた。

「恐れながら、殿下、発言してもよろしいでしょうか？」

（え？　殿下？）

クレシェンの後ろにはソファに座る二人の男が見えている。一人はこちらに背を向けて一人掛けのソファに座り、もう一人は三人掛けのソファでこちら向きにふんぞり返って座っていた。

「なんだ、申してみよ」

クレシェンがソファに振り返り、視線だけで許可を得て代わりに答えた。それはゴローラモの位置からは、ふんぞり返って座る男に向けられたものに見えた。

「気づいたことと言いますか、驚いたことでございますが、朝食をどの程度ご用意しようかと迷い、多い分には失礼にあたらないだろうと、五人相当分の食事をお持ち致しました。すると、あの占い師様は短い時間にすべて完食しておりました。見たところ太っているようには見えませんでしたが、それはもう恐ろしい大食漢のようでございます。やはり常人ではないようにお見受け致しました」

「なんと、五人分を完食したのか！　ダルやブレスにも引けをとらぬ食い意地だな」

クレシェンは呆《あき》れ返った。

だがアルトは、聞いていて少しおかしくなった。

「じゃあ、今度からは十人分持っていってやりなよ」

そして大食漢に理解の深いダルが、アルトの代わりに答えた。

一方、その五人分の朝食を平らげた本人でもあるゴローラモ女官長は――。

ふくよかな贅肉に埋《う》もれそうな目をまん丸に見開いて一点を見つめていた。

(ま、まさか……今答えたのが……王太子殿下……？　あ、あれが……⁉)

その視線の先には、ソファに誰よりも偉《えら》そうにふんぞり返って座る巨漢、ダルがいた。

しかも朝食を食べ過ぎて気持ちが悪いのか、世にも恐ろしい形相になっている。

ゴローラモはただただ、ひどくショックを受けたように呆然《ぼうぜん》とソファに沈《しず》む巨体を見つめていた。

第五章　フォルテ、水妃の宮の貴妃様を占う

「おーい、おい、おい。うおーん、おん、おんおん」

仮宮の一室では、青貴婦人付きとなったブレス女官長が先程《さきほど》から、床《ゆか》に突《つ》っ伏《ぷ》して泣き続けていた。

「もう、いい加減泣きやみなさいよ、ゴローラモ」

そう。中身はゴローラモのままだ。

「だって、だって、王太子殿下《でんか》が……。まさか、あのような……」

どうやら王太子に会ったらしいと、フォルテはため息をついた。

「あんなおぞましい姿に……。この女官長がガリガリに思えるほどの贅肉《ぜいにく》に覆《おお》われ、お顔は鬼《おに》さえも泣き出すほどの凶悪《きょうあく》な人相。なんとおいたわしい……うおーん、おんおん」

「結構失礼なこと言ってるわね。殿下ってやっぱりそんなに太っているの？」

「太ってるなんて可愛《かわい》いもんじゃありません。ウサギの一羽《わ》や二羽、丸呑《まるの》みしているようなお腹《なか》でございました」

「ふーん。じゃああの噂《うわさ》は本当だったのね」

「最後にお忍《しの》びでお見かけしたのは、殿下が七歳の時でした。それはもう遠目にも愛らしく、サラサラの金の髪《かみ》が風になびき、クレシェン様と剣《けん》の稽古《けいこ》をなさっておいででした。お二人の剣技《けんぎ》は、絵画の一枚かというほど麗《うるわ》しく、みな手を止めて見惚《みほ》れるほどでした。剣筋もよく、将来が楽しみな王子様だと思っておりました。それなのに……。まさかあのようなずんぐりむっくり……あ、いえ」

「もう、何を言っても悪口にしか聞こえないわよ」

忠臣のゴローラモがそこまで言うほどなのだから、よっぽどだ。フォルテはつくづく舞《ぶ》踏《とう》会なんかに行けなくてよかったと思った。

うっかり気に入られて後宮なんかに召《め》されたらたまったもんじゃない。

もっとも……別件ですでに後宮に召されてはいるが……。

「きっと何度も刺客《しかく》に襲《おそ》われ、身分を隠《かく》して暮らすストレスが殿下をあのようなお姿に変えてしまったのです。ああ、おいたわしい」

「でも太っているならちょうどいいじゃない。ゴローラモがちょちょいと憑依《ひょうい》して占《うらな》い師《し》を家に帰すと言ってくれればいいわ」

「なんと畏《おそ》れ多《おお》いことを。殿下に憑依など、そんなばち当たりなことはできません！」

そうだった、とフォルテは思い出した。ゴローラモは忠誠心に溢《あふ》れた男だ。

第一の主君は死んでもなお母テレサだが、二番目は王家なのだ。

それは昔から変わらない。

「実は私《わたくし》は殿下に大変な負い目がございまして……」

「負い目？」

「はい。今までフォルテ様には黙《だま》ってまいりましたが、陛下と共にお忍びでクレシェン様のお屋敷《やしき》に行った折、王子様の側近騎士《きし》の任を命じられたのでございます」

「側近騎士？」

未来の国王の側近騎士といえば、いずれは重臣を約束された大出世だ。

「ですが、ちょうど同じ時にテレサ様のヴィンチ公爵《こうしゃく》家への輿《こし》入れが決まり、悩《なや》んだ挙句に王宮から逃亡《とうぼう》し、髪型《かみがた》と様相を変えテレサ様の側近騎士として密《ひそ》かに公爵様に雇《やと》っていただいたのでございます」

「な、なんでそんなこと……」

王の任命から逃《に》げるなんて反逆罪と同じだ。

そこまでしても母テレサのそばにいたかったのか……。

「テレサ様のいない人生など、どうしても考えられなかったのでございます」

霊《れい》になってもなお、母を忘れたことのないゴローラモならそうだったのかもしれない。

きっと母テレサはゴローラモにとって女神《めがみ》のような存在なのだ。

「しかし、その後なかなかいい側近騎士が見つからず、殿下は何度も刺客に襲われ、命の危機に遭《あ》ったと聞いております。私が逃げたばかりに……」

「何もそこまで責任を感じなくてもいいんじゃないの？　側近騎士と言ったって一人じゃないんだもの」

「いいえ！　先日も申しました通り、私は当時随一《ずいいち》の剣の使い手でございました。私がおそばにいれば、きっと未然に防げた事件も多くあったはずです！」

「お父様が死んだ後、あっさり眠り薬《ねむぐすり》で暗殺された人が言っても説得力がないわね」

頼《たよ》りのゴローラモが変死したと聞いて、幼いフォルテがどれほどショックだったか。

「あ、あれは、テレサ様の死で精神的に不安定になっておりまして……。いえ、済んだことはいいのです。とにかく、私は殿下に大きな借りがあるのでございます。たとえずんぐりむっくりの怪物《かいぶつ》になっておられようと……」

「もう、分かったわよ。憑依したくないんでしょ？　だったらブレス女官長でいいから、後宮を探《さぐ》ってきてよ。午後には一人目の貴妃様の占いをする予定なんだから」

「分かりました。部屋を出て女官長についたり離《はな》れたりしながら、外の様子を探ってまいりましょう」

「憑《つ》いたり離れたりね？」

「はい、それです」

「ついでに部屋の出入りに自由のきく衣装《いしょう》一式を拝借できないかしら？　うまくいけば、

そのまま逃げ出せるかもしれないし」

「出入りに自由のきく衣装とは？　危ないことはやめてくださいよ」

「分かってるわよ。ブレス女官長が占い師用に侍女《じじょ》を臨時で雇ったってことにするのはどうかしら？　親戚《しんせき》の子だとかなんとか言って」

「できるかどうかは分かりませんが……やってみます」


数刻後。

《フォルテ様、いいですか？　まず最初に占うのが『水妃《すいひ》の宮』の貴妃様です》

「水妃の宮？」

フォルテは霊騎士の抜《ぬ》け出《で》たブレス女官長と、霊に戻《もど》ったゴローラモにつき添《そ》われて、これから占う貴妃《きひ》の宮に向かっていた。

先に下見をしたゴローラモから、この宮は危険が少なそうだと聞き、とりあえず素直《すなお》に占いをすることにした。

《フォルテ様の泊《と》まっておられる仮宮の隣《となり》になりますが、正妃様の本宮を通らなければ渡《わた》ることはできません。各エリアは本宮を通ることなく行き来できなくなっています》

　中央に巨大《きょだい》な本宮があり、そこには王太后の宮などもあるが今はすべて空室になっている。その本宮を囲むように四つのエリアに分かれていた。そのうちの一つが仮宮だ。この仮宮だけは王太子のエリアから直通の回廊《かいろう》があった。ゆうべはその回廊を通って後宮に入ったらしい。

　ゴローラモの話では、それぞれのエリアは頑強《がんきょう》に警備兵が配置され、背の高い門塀《もんぺい》で囲まれていて簡単には出入りできなくなっているようだ。

　仮宮だけでも側妃用の居室が十室と湯殿《ゆどの》に調理場、侍女部屋などが整っている。三貴妃はそれと同じ規模の宮をそれぞれに独占《どくせん》しているらしい。

　それは途方《とほう》もない広さだった。

「なんだか一つのお屋敷みたいね」

《その通りでございます。それぞれの宮には、外の警備の他にご実家から連れてこられた五十人ほどの侍女や小間使いが住んでおります》

「ご、五十人？　たった一人の貴妃様のために？」

　つい大声を出してしまったフォルテに、前を歩いていたブレス女官長が振《ふ》り向《む》いた。

「先程から何を一人でブツブツおっしゃっているのですか？」

　胡散臭《うさんくさ》そうにこちらを見てくる。

「あ、ごめんなさい。霊……そう、精霊《せいれい》が話しかけてくるものだから……」

「精霊？　幽霊《ゆうれい》みたいなものですか？　嫌《いや》だわ」

その幽霊にどっぷり憑かれていたとも知らず、女官長は眉間《みけん》にシワを寄せた。

「そのせいかしら。朝から変なことばかり……。記憶《きおく》が飛び飛びで、自分の言動に覚えがないのですわ。その上、朝から何も食べてないというのに、ひどく満腹なんですの。占い師様のお顔も見たと言っていたようですけど、私さっぱり覚えがございません。もう一度見せていただいて……」

女官長がフォルテのヴェールに手をかけそうになったところで前方から声がかかった。

「ようこそ、青貴婦人様。アドリア様がお待ちでございます」

回廊の先の大きな門の前で三人の侍女がお揃《そろ》いのドレスをつまんで挨拶《あいさつ》をした。

ふわふわした薄《うす》ピンクのオーガンジーが広がるドレスが侍女服らしい。

髪をツインテールにして、みんな可愛らしい。

「では、私はここまでですので……」

ブレス女官長はそう言って頭を下げ、来た道を戻っていった。

どうやら女官長でさえ、この先は入れないらしい。

「どうぞ。青貴婦人様」

三人の侍女は、両開きの重厚《じゅうこう》な扉《とびら》を「うんしょっ」とみんなで開いて招き入れた。

そして一歩足を踏《ふ》み入《い》れると……。

「す、すごい……」

別世界だった。

ピンクの回廊に囲まれたとてつもなく広いエリアは柔《やわ》らかな日差しが降り注ぎ、全体が水で満たされていた。青く澄《す》んだ水を張った巨大な水槽《すいそう》にいくつもの建物が浮《う》かんでいるような感じだ。区画するように水路が巡《めぐ》り、アーチ型の橋が渡されている。屋根のあるコテージが浮かんでいて、水面には鮮《あざ》やかな花が散らばり、魚が泳いでいた。橋の手前には小型のゴンドラまで浮かんでいる。

「な、な、なんなの？　ここは……」

《この先に見える小宮《しょうぐう》が主室です。貴妃様の普段《ふだん》過ごされる場所のようです》

水路の先の正面にピンクの可愛い宮殿《きゅうでん》が見えていた。

ゴローラモの説明通り、三人の侍女はその入り口で立ち止まり、ピンクの飾《かざ》り扉を開いてフォルテに入るように促《うなが》した。

内部はこぢんまりしていたが、大きな窓は水辺に面していて、窓を開放すればそのまま外に出られるようになっている。水辺の離宮《りきゅう》といった感じだ。

フォルテは部屋に入ると緊張《きんちょう》しながら、ドレスをつまんで膝《ひざ》を折った。

「失礼致《いた》します。占い師、『青貴婦人』でございます」

それとほぼ同時に「きゃあああ‼」という悲鳴が部屋の中から響《ひび》いた。

ぎょっとするフォルテの腕《うで》に柔らかな感触《かんしょく》が絡《から》みつく。

「お待ちしていましたわ!! 　きゃあぁ！ 　本物？ 　青貴婦人様？」

少女のような姫《ひめ》が、フォルテの周りを飛び回っている。

侍女達と同じようにツインテールにして、やはりオーガンジーのふわふわドレスだ。

しかし、その装飾《そうしょく》の贅沢《ぜいたく》さや、身につける宝飾《ほうしょく》の豪華《ごうか》さから身分の高さが分かる。

「アドリア貴妃様？」

まさかと思った。なぜなら、事前に二十八歳だと聞いていたからだ。しかし目の前の姫は、どう見ても十四、五歳に見える。自分より年上とは思えない。

「そうよ。ずっとお待ちしていたの。ああ、嬉《うれ》しいわ。私、青貴婦人様にどうしても聞いていただきたいお話がございましたの」

「そ、そうですか。分かりました。すぐに占いを始めましょう」

「お願いしますわ。こちらに青貴婦人様の丸テーブルも用意しましたわ。どうぞ」

部屋の中はファンシーカラーとふわふわでいっぱいだった。

壁《かべ》という壁にピンクのレースやオーガンジーが垂れ下がり、アクセントのようにカラフルな色の少女らしい小物が飾られている。

「ねえ、見て青貴婦人様。これはお気に入りの香水瓶《こうすいびん》なの。可愛いでしょ？ 　あ、待って。香水ならこっちの方がいい香りなのよ。そうだわ、この間頂いたレースのハンカチをお見せしなきゃ」

部屋の置き物を次々手に取り見せてくれる。まるで子どものようだ。

「アドリア様、占い師様はお部屋に遊びに来たのではありませんよ。早くしないと占う時間がなくなってしまいますよ」

侍女の一人が困ったように窘《たしな》める。

「ああ、そうだったわ。今日一日しか見てもらえないのよね。もっとずっといてくださったらいいのに！」

無邪気《むじゃき》でとても可愛らしい。三貴妃が入宮されたのは二十年前と聞いているから、八歳で後宮に入って、ずっとここから出たことがないのだ。

目の前の少女は八歳から時を止めたようだった。

「最近は陛下も全然遊びに来てくださらないの。つまらないわ」

遊びに……。そういう感覚なのか……。

愛した妃《きさき》が次々亡《な》くなったことで十年も前から後宮への興味をなくし、今では年老いて無関心と聞いたことがあるが、この少女はどう思っているのか。

「陛下のことがお好きですか？」

フォルテは聞いてみた。

「大好きよ！　だってとても優《やさ》しいもの。私のお願いをなんでも聞いてくださるの」

父にわがままを言う甘えん坊《ぼう》の娘《むすめ》の感覚だ。

ともかくこの姫は後宮の黒い噂とは無関係だろう。適当に占いだけして部屋に戻ろうとフォルテは心の中で思った。しかし、占盤《せんばん》を広げて占いを始めようとした途端《とたん》アドリアが言い放った一言にフォルテは固まった。

「私が殺したの……」


「はあ～。夕日が気持ちいいわ～！」

フォルテは久しぶりにヴェールを外して、窓から差し込む日差しを目《め》一杯《いっぱい》浴びる喜びに浸《ひた》っていた。

キャラメル色の髪は高く結んでポニーテールにしている。服は動きやすい紺《こん》の侍女服だ。

アドリア貴妃の占いを終えた後、ブレス女官長に憑依したゴローラモが侍女服を手に入れてきたのだ。さらに占い師の世話用に臨時の侍女を親戚の娘に頼《たの》んだといってクレシェンに紹介《しょうかい》してもらった。これで安心して部屋を自由に出入りできる。

「あんまり危険なマネはしないでくださいよ。はっ。はっ。ふう～。侍女服を着ているからってどこでも出入りできるわけではありませんから。はっ。はっ。ふう～」

「分かってるわよ。ゴローラモったらクレシェン様に聞かれて思わず本名を言っちゃうんだもの」

クレシェンに「臨時の侍女の名は？」と聞かれたゴローラモ女官長が「フォルテ」と答えてしまったのだ。

だからといって今は家督《かとく》も失ったヴィンチ家の娘だとバレることはないと思うが。

「私嘘《うそ》をつけない性分《しょうぶん》でして。申し訳ございません。はっ。はっ。ふう〜」

「ところでさっきから何をやっているの？」

「見ての通り、屈伸《くっしん》運動です。いざという時フォルテ様を守るため鍛《きた》えておこうと思いまして。しかしこの脂肪《しぼう》だらけの体ときたら、腹筋しようにも体が上がらず、スクワットしようにも一回で息が切れるんですよ。ああ、稀代《きたい》の剣士《けんし》と言われた私がこのような醜態《しゅうたい》をさらそうとは。親愛なるテレサ様。どうか醜《みにく》き子羊をお許しください。はっ。はっ。ふう〜」

「運動するか、お母様に懺悔《ざんげ》するかどっちかになさいよ」

ゴローラモはブレス女官長の巨体で、器用に屈伸運動をしている。動きに妙《みょう》な切れがあってなんだかおかしい。

「それより先程のアドリア様には驚《おどろ》きましたね。はっ。はっ。ふう〜」

ゴローラモは、今度は足上げ運動に挑戦《ちょうせん》している。

「まったくよ。これで一件落着かと思ったのに」

占いを始めたフォルテに向かって、開口一番「私が殺した」と言い出したのだ。

よくよく話を聞いてみると、殺したというのは飼っていた小鳥のことだった。中庭に飛んできた美しい小鳥を捕《つか》まえて飼っていたらしい。部屋で飼っていたその小鳥が、ストレスからか羽を自分で毟《むし》るようになり、可哀想《かわいそう》だからと外に連れていってやることにした。

しかし外に出ると、小鳥は空に羽ばたきたくなったのだろう。まあ、鳥だから当然だ。だから逃げないように強く強く握《にぎ》りしめた。そうして気づいた時には冷たくなっていたらしい。あまりに幼い少女の過《あやま》ちだった。無知が小さな命を奪《うば》った。

さすがに殺したという事実は幼いながらもショックだったらしい。

「青貴婦人様、私は地獄《じごく》に堕《お》ちますか？　煉獄《れんごく》の馬車が迎《むか》えに来ますか？」

それが恐《おそ》ろしくて眠ることもできなかったらしい。

「大丈夫《だいじょうぶ》ですよ。お墓を作って毎日お水をやって謝ってください。それを続ければ、小鳥も許してくれます。もう二度と同じ失敗をしないことです。そうして今度は困っている生き物がいたら助けてあげてください」

「ああ、よかったあ。毎日お墓に謝ればいいのね。そうすれば地獄に堕ちないわね？」

「はい。悪意なくやった過失です。神様もそこまで無慈悲《むじひ》ではないでしょう」

「ああ。これで安心して眠れるわ」

どうやらそれを確かめるためだけに占い師を呼んだらしい。

自分の未来を占ってほしいわけではないようだった。だから結局いつもの色石を使った占いはやらないままに、とりとめのない幼子の話し相手になって終わってしまった。

日が傾《かたむ》き始めるまでアドリアの宝物を一つ一つ見せられ、絵合わせやボードゲームにも付き合わされた。子どもと遊んでやっている感覚だった。

「もしかして陛下も私のように、アドリア様と過ごしていたのかしら?」

ふと感じた推測は、今では確信に変わっていた。

「まあ、自分に置《お》き換《か》えて考えたなら、あのような幼い少女に女性として手出しするのは罪悪感を抱《いだ》きますね。というか恋愛《れんあい》対象にはなりませんね。はっ。はっ。ふう〜」

「じゃあ世継《よつ》ぎの子どもなんてできるわけがないわね。もっと女同士の嫉妬《しっと》ドロドロの世界かと思っていたけど拍子抜《ひょうしぬ》けしたわ。少なくともアドリア様はそういう世界とは無縁《むえん》だもの」

そしてそれが不幸とも思ってなければ、変えたいとも思っていない。

いや、きっと変えたくないのだ。

永遠の少女。永遠の無垢《むく》。

(アドリア様にとっては、それが一番幸せなのかもしれない)

考えを巡らすフォルテはゴローラモの叫《さけ》び声《ごえ》で我に返った。

「た、大変ですっ!!　フォルテ様っ!!」

「どうしたの!?」

何か重大な事実にでも気づいたのかと慌《あわ》てた。

「この体は腕立《うでた》て伏《ふ》せをしようにも、お腹が先に床についてしまってできませんっ！」

ゴローラモは悲愴《ひそう》な顔で、腕より出張ったお腹でうつ伏《ぶ》せのままジタバタしている。

「……」

「なんたることだっ。指一本で腕立て百回できたこの私が……。ああ、テレサ様。あなた様にこの姿を見られなかったことだけが救いでございます。このような恥《は》ずべき体に憑いた私をお許しください」

「勝手にやっててちょうだい」


フォルテは太った体を持て余す側近を置いて小さな庭に出た。

いつの間にか夕日は沈《しず》み、夜空に満月が光っている。

「この塀《へい》を登ったらどこに出るのかしら？」

ゆうべ黒の騎士が飛び乗った塀に近づいて見上げた。近くで見ると思ったよりも高い。

「この塀に飛び乗ったの？　そんなことできる？　まさかあの騎士は……」

人間じゃなかったのかも、と思い始めたところで人の気配に気づいた。

庭の片隅《かたすみ》から黒い影《かげ》が、闇《やみ》を剝《は》がすようにすっと現れるのが見える。

フォルテは青ざめた顔で後ろに一歩下がった。

その一歩を詰《つ》めるように黒い影も一歩進む。

(こんな所に忍び込めるなんて……もしや後宮の黒幕? 暗殺者なの?)

ゴローラモを呼ぼうにも恐怖《きょうふ》に凍《こお》りついて声が出ない。殺されるのだと思った。

そうして月が雲から姿を現すように、黒い影が正体を見せた。

暗殺者の恐ろしい風貌《ふうぼう》を想像していたフォルテだったが、意外にも爽《さわ》やかな黒髪に全身黒ずくめの男は、月の精霊かと見まごうほどの美しい騎士だった。

「あなたは……」

絞《しぼ》り出《だ》すようにして、かすれた声で尋《たず》ねる。

すると、驚いたことに黒髪の騎士はフォルテの前にすっと片膝をついた。

「どうかお静かに。決して危害を加えるつもりはありません。私は青貴婦人殿《どの》の味方です。密かにこの後宮を探っているのです」

「密かに?」

何か事情があるようだった。

「はい。どうかクレシェン殿にもご内密に。あの方にバレるといろいろ面倒《めんどう》なことになりますので。どうにも苦手でして」

「クレシェン様が苦手？」

フォルテもその気持ちはよく分かる。クレシェンとの近しい関係を思わせる口ぶりから、王太子殿下の近くで働く高位の騎士のように思えた。

「ところで、あなたは？」

問いかけられて、フォルテは自分が占い師ではなく侍女姿であることを思い出した。

「あ、私は……今日から占い師様付きの侍女になったフォルテと申します」

フォルテは侍女服のスカートをつまみ、膝を折って挨拶をした。母テレサが、所作が美しいといつも手放しで褒《ほ》めてくれた挨拶だ。今では無意識にこの挨拶をしてしまう。

「……」

アルトは少し驚いたような表情をした後、すぐに挨拶を返した。

「侍女殿でしたか。私は隠密《おんみつ》騎士、アルトとお呼びください」

「アルト様……」

深い葉緑の瞳《ひとみ》で見上げられ、フォルテはドキリと時が止まった気がした。

一瞬《いっしゅん》のことなのに長く見つめ合っていたような不思議な感覚だった。

「それで青貴婦人殿は今どちらに？　お部屋にいらっしゃるのですか？」

フォルテはぎくりとした。もちろん同一人物だと答えるわけにはいかない。

「あ、えっと、今は湯殿で入浴中でございます」

入浴中なら、さすがに今すぐ呼んでくれとは言われないだろう。

「青貴婦人様に何かお伝え致しましょうか？」

フォルテが問うと、アルトは少し考えてから答えた。

「いいえ。できれば青貴婦人殿にも私のことは言わないでもらえますか？　あなたに見つかってしまったのは私の失態です。私のことは内緒《ないしょ》にしていただきたいのです」

「でも青貴婦人様の味方ではないのですか？」

アルトは何かを思案してから、決意したようにフォルテを見た。

「私はどうしても後宮の黒い噂の犯人を突き止めたいのです。私の大事な人もまた、この黒い後宮の犠牲《ぎせい》になった一人なのです」

思いがけない告白にフォルテは驚いた。

「アルト様の大事な方？　陛下のお妃様だったのですか？」

もしかして想《おも》い人だったのだろうかと心の中をよぎった。

しかしアルトは、その問いには答えなかった。

「クレシェン殿の密命のことは知っています。黒幕を見つけるという目的は、青貴婦人殿と同じですが私は表立って犯人を捜《さが》すわけにはいきません。だから密かに青貴婦人殿に協力したいのです。フォルテ殿も私に力を貸してもらえませんか？」

「力を貸すと言われても……私は……」

「ただのお付きの侍女といえども、青貴婦人殿が牢屋《ろうや》に入れられるのは嫌でしょう？」

「そ、それは、もちろん！」

嫌に決まっている。牢屋に入れられる本人なのだから。

考えてみれば、これは願ってもない救世主かもしれないとフォルテは思った。

「分かりました、協力しましょう！　ただ、こちらはあまり情報を得ておらず……アルト様は三貴妃様について何かご存じなのですか？」

「ご本人に会ったことはありませんが、ご実家については多少の知識があります」

「ご実家？」

アルトは肯《うなず》いた。

「アドリア貴妃様はブライトン公爵家、ダリア貴妃様はファッシーナ公爵家。この二家は古くより王家の重臣を務めてきた有力貴族です。もう一つヴィンチ公爵家と合わせて三大公爵家として議会で力を持ってきました」

「ヴィンチ公爵家？」

フォルテは自分の家の名がアルトの口から出てきたことにドキリとした。

「ヴィンチ公爵家にお知り合いでも？」

「あ、いいえ。聞いたことがあるなと思って……」

フォルテは慌てて誤魔化《ごまか》した。

「ヴィンチ公爵家は姫君がおらず現王の正妃争いには参入しませんでした」

それはフォルテが父の書斎《しょさい》で調べたヴィンチ家の系譜《けいふ》で知っている。祖父はなかなか子宝に恵《めぐ》まれず、父一人しか子が生まれなかった。

「ですが残るブライトン家とファッシーナ家は、娘が男児を生んで、正妃となることを強く望んでいただろうと思います。そういう意味では二人の貴妃様には王子や側妃を殺す動機は充分《じゅうぶん》にあります」

アルトは言葉を選ぶように俯《うつむ》いて考えながら続けた。

「そして、もう一人の貴妃様にはまた別の事情があるのですが……」

「別の事情とは!?」

フォルテは思わず身を乗り出して尋ねた。

気づけば、ほぼ同時にフォルテの方に顔を向けたアルトの瞳が至近距離《きょり》にあった。

社交界にも出ていないフォルテにとって歳《とし》の近い男性とこれほど接近するのは初めてのことだった。そしてアルトもまた長らく年若い女性を近くで見ていない。

「ご、ごめんなさい」

「いえ、こちらこそ失礼致しました」

二人はお互《たが》いに真っ赤になって謝りながら、ぱっと距離をとった。

どきどきして落ち着かない。二人ともこんな気持ちになるのは初めてだった。

　そしてアルトは、照《て》れ臭《くさ》さを誤魔化すように思いがけないことを言った。

「実は後宮には外に通じる隠し通路があると言われています」

「隠し通路？」

「ええ。クーデターなどが起きた時に、王が外に逃げるための隠し通路です。それが、この後宮のどこかにあるらしいのです。本宮も仮宮も隅々《すみずみ》まで探してみましたが、見つけることはできませんでした。あと考えられるのは三貴妃様の宮だけです」

「その隠し通路を探したら何か分かるのですか？」

「それは……」

　アルトは何かを言いかけて思い直したようだった。

「三貴妃様の宮を調べるのは危険なので、そちらは私が調べます」

「え？　でも……」

「あなたは私が話した情報をさりげなく青貴婦人殿の耳に入れてくれるだけでいいです。そして、占いで分かったことを私に教えてほしいのです」

「……分かりました」

　ここは素直にアルトに従うことにした。

　三貴妃にバレて占いをする前に追い出されたら大変なことになる。

　不安を浮かべるフォルテを気遣《きづか》うようにアルトは優しく微笑《ほほえ》んだ。

「大丈夫です。もし何かあったとしても青貴婦人殿が牢屋に入れられないように善処を尽《つ》くします。だから、くれぐれも無茶をしないでください」

「わ、分かりました。でも、あなたはいったい……」

クレシェンの密命まで知っていて、牢屋に入れられないように働きかけることができるらしいこの騎士は何者なのか、とフォルテは思った。

しかしアルトは、フォルテの疑問に答える前に、ふわりと塀に飛び乗り「また来ます」とだけ告げて行ってしまった。


「最近寝過《ねす》ぎではございませんか？　どこか具合でも悪いのですか？　アルト様」

ダルに手引きしてもらって黒服から王太子の服に着替《きが》え寝室《しんしつ》から出ると、クレシェンが待ち構えたように立っていた。

「昼寝《ひるね》を三時間に、夜はたっぷり十時間睡眠《すいみん》とは。赤子でもそんなに寝ませんよ」

クレシェンに文句を言われ、アルトは苦笑《くしょう》した。

実際には黒服の騎士として動き回っていて、六時間睡眠がいいところなのだが。

特に昨夜から今日にかけては、何度も黒服の騎士になって奔走《ほんそう》していた。

「ずっと部屋に籠《こも》りきりで寝る以外に何をしろと言うんだ」

モレンド邸《てい》にいた一年前までは名も身分も隠してはいたものの、時には剣の稽古をしたり馬に乗ったり自由に過ごすこともできた。それが今では王太子の部屋から一歩も出ることを許されていない。

「国王陛下の譲位《じょうい》をいいことにクーデターを企《たくら》む怪《あや》しい一派がいるのです。今は万全《ばんぜん》を期して身を隠していてください」

実は後宮の黒い噂を解明する一方で、アルト達はクーデターの動きにも気づいていた。現国王の側近でもあるクレシェンの父、モレンド侯《こう》がクーデターの方は探っているものの、そちらもなかなか全容が見えてこない。

ただでさえ三貴妃の実家が権力を膨大《ぼうだい》させてバランスが崩《くず》れているのに、その状況《じょうきょう》を狙《ねら》ってクーデターの動きがあるともなれば、国は崩壊《ほうかい》の危機に瀕《ひん》している。そんな事情を一身に背負って王にならなければならないのだから、アルト達は焦《あせ》っていた。

「私の問題なのに、隠れて震《ふる》えていることしかできないのだな」

不満を洩《も》らすアルトに、クレシェンは肩《かた》をすくめた。

「隠れて震えるような大人しい主君なら私もこれほど過保護になりませんよ。自由にさせたら敵の最前線に飛び出るような無鉄砲《むてっぽう》な主君ゆえでございます」

アルトがダルを庇《かば》って暗殺者と剣を打ち合った時は肝《きも》を冷やした。あれで懲《こ》りたのだ。

そんなクレシェンが、アルトが密かに変装して動き回っていると知ったら卒倒《そっとう》して激怒《げきど》することだろう。

「あちらもこちらも、問題が山積みなのです。せめて後宮の黒幕だけでも摑《つか》めたら……」

「そういえば、占い師に新しい侍女がついたそうだな」

「ああ。ブレス女官長が親戚の娘を呼んだようですね」

「どこの娘だ？」

「確かブレスの遠縁《とおえん》の田舎《いなか》貴族の娘のようですよ。ちょうど王都で仕事を探してたとか」

「田舎貴族……。それにしては……」

言葉使いといい、所作といい洗練されたものだったとアルトは思った。

こっそり立ち去ることもできたのに、思わず声をかけてしまった。深窓の姫君を思わせる優雅《ゆうが》な挨拶に見惚れて、気づけば僅《わず》かな側近しか知らない本名を名乗っていた。

素性《すじょう》を誤魔化すためとはいえ、なぜ行方《ゆくえ》知れずの母のことまで持ち出して協力を申し出てしまったのか。

母のことはクレシェンにもダルにも相談したことはなかったのに。

それをどうして初対面の彼女に言ってしまったのか。自分でも分からなかった。

「何か気になるのですか？　ブレスの親戚なら怪しい者ではないと思いますが」

「いや、怪しんでいるわけじゃない」

「念のため素性を調べておきましょう。ベルニーニの息がかかっているかもしれません」

「ベルニーニ？」

「ええ。最近台頭してきた侯爵《こうしゃく》です。辺境の田舎侯爵だったはずが、このところ貿易や金融《きんゆう》で巨万の富を得て議会にもやたらに口出ししてくるのです。ずいぶん汚《きたな》い商売をしていると噂でございますが、中には肩入れする貴族などもおりまして」

「肩入れする貴族？」

「一番あからさまなのがヴィンチ公爵家でございます」

「ヴィンチ家？　確か五年ほど前に公爵が亡くなられて、幼い娘に代わって後見人が家を管理していると聞いたが？」

「その娘がベルニーニに取り込まれているのかもしれません。重臣達が陛下に調べてみるよう進言しているのですが、最近はますます気弱になられて公務にも無関心のご様子でして……」


はっきり言わないが、年老いた父は最近言動がおかしくなっていた。

先日は、久しぶりに会ったアルトのこともよく分からないようだった。そのためなんとか譲位の証書を作り大急ぎでアルトの即位《そくい》を進めている。

しかし王が機能しないことによって国の政治は混乱を極《きわ》めていた。

だからクレシェン親子を中心に、王派の重臣達が少しでも不穏《ふおん》因子を減らすべく動き回っている状況なのだ。

「陛下の側近は今では誰《だれ》が味方なのか敵なのかも分からない状態です。こうなったら我々が独自に動くしかないかもしれません」

「そうだな。ヴィンチ家の所領は重要な場所だ。怪しい者に奪われるわけにいかない」

「ベルニーニ派の男と縁談《えんだん》でも進んでいるのであれば、家督没収《かとくぼっしゅう》もやむを得ませんね」

「できればそんな気の毒なことはしたくないが……」

「アルト様、これは同情で保留にできる話ではありません。甘いことを言っていたら国が傾きます。ひいては民《たみ》が不幸になるのですからね」

「分かっている。国を安定させるためなら冷酷《れいこく》な決断も仕方ないと思っている」

アルトは苦渋《くじゅう》の表情で肯いた。

第六章 フォルテ、銀妃の宮の貴妃様を占う

「すごい……」

翌日の朝から『銀妃の宮』を訪《おとず》れたフォルテは一歩入るなり絶句していた。

エリア全体に銀色のドームを含《ふく》む小さなお城が再現されている。

お城の内部は大理石が敷き詰《つ》められ、天井《てんじょう》はフレスコ画が途切《とぎ》れなく描《えが》かれていた。

中庭には白塗《しろぬ》りの彫刻《ちょうこく》像が配置《し》され、噴水《ふんすい》もある。

侍女《じじょ》の衣装《いしょう》は金糸の刺繍《ししゅう》で縁取《ふちど》られたワインレッドのドレスで、髪《かみ》は高く結《ゆ》っている。

昨日のふわふわした『水妃《すいひ》の宮』とは対照的である。

(これが昨日アルト様が言っていたファッシーナ家のダリア貴妃《きひ》様の宮なのね)

これだけのものを建てる資金力があるというだけで、ファッシーナ家の強大な権力を推《お》し量《はか》ることができた。

(ゴローラモ、さっき言った通り、私が占《うらな》いをしている間に隠《かく》し通路を探してみてね!)

《本当にそんなものがあるのでしょうか? フォルテ様の夢じゃないんですか?》

ゴローラモはまだ黒の騎士《きし》のことを疑っていた。

（夢じゃないんだったら。ちゃんとダリア貴妃様の情報だってくれたじゃない）

《百歩譲《ゆず》って夢じゃないとしても、全身黒ずくめの騎士など見たことがありませんよ》

（隠密《おんみつ》騎士って言っていたから特殊《とくしゅ》な役職なのかもしれないわ）

《はいはい。分かりましたよ。フォルテ様の夢の騎士様ですね》

（もう。じゃあ信じなくてもいいから隠し通路はちゃんと探してよ）

《仕方ないですね。こちらの貴妃様に危険がないと確認《かくにん》したら、フォルテ様から離《はな》れて宮の中を探《さぐ》ってまいりましょう》

やがて案内された部屋もまた大広間のように広く豪華絢爛《ごうかけんらん》だった。

ただし朝だというのに薄暗《うすぐら》くて、重々しい雰囲気《ふんいき》がする。部屋を区切るのが嫌《きら》いなのか、だだっ広い室内にベッドもソファもテーブルもすべてが配置されていた。

どの家具も手の込《こ》んだ装飾《そうしょく》がされ、調度品の数々も目が飛び出るような高級品に違《ちが》いない。壁《かべ》には絵画がいくつも飾《かざ》ってあるが、名だたる巨匠《きょしょう》の作品だろう。

「ダリア貴妃様、青貴婦人様をお連れしました」

部屋の入り口で侍女が告げると、部屋の一番奥にあるベッドがもそりと動いた。

「二人きりで話したいゆえ、お前達は下がりや……」

奥から歌うようなひそやかな声が響《ひび》いた。

「畏《かしこ》まりました」

侍女達は頭を下げて、フォルテを残して部屋から出ていった。

フォルテは一人取り残され、ごくりと唾《つば》を飲む。

もっとも、隣《となり》には霊《れい》騎士姿のゴローラモが立っている。

「他にも誰《だれ》かいるのかえ……？　二人分の気配がするのう……」

フォルテはぎくりと霊騎士と目を見合わせた。

「い、いえ……。私《わたくし》一人でございます。占いなどをしておりましたら、精霊《せいれい》などもついてきますゆえ、そのせいかもしれません」

「精霊か……。なるほどのう……」

ふぁさりと布を開く音がして、天蓋《てんがい》から垂れるレースの一部が持ち上げられた。

そこから黒い闇《やみ》が溢《あふ》れ出てきたように見えて、フォルテは悲鳴を上げそうになった。

しかしよく見ると、黒いドレスを纏《まと》った貴妃だった。

いや、ドレスというより豪華なネグリジェだ。胸元《むなもと》は大きく開き、体のラインが透《す》けて見えている。霊騎士ゴローラモは慌《あわ》てて後ろを向いた。

「近頃《ちかごろ》体調が優《すぐ》れぬゆえ、こんな姿で失礼するえ……」

ダリア貴妃はゆったりと立ち上がり、そばのガウンを羽織った。

「いえ、お気になさらず……」

フォルテが言い終わらないうちに、貴妃はふらりと体勢を崩《くず》してしまった。

「貴妃様っ‼」

フォルテは慌てて駆《か》け寄《よ》り、その体を支えた。それより先に霊騎士ゴローラモも役に立たない腕《うで》で体を受け止めようとしていた。

「すまぬのう……。そのソファに横にならせてもらってもよいかのう……」

「ええ。もちろんでございます。どうぞ私の肩《かた》に体を預けてくださいませ」

フォルテはソファに向かいながら、なんともいい香りのする貴妃を見上げた。そしてそのあまりの美しさに腰《こし》がくだけそうになった。

十八歳で国王陛下に嫁《とつ》いだと聞いたので、今は三十八歳だろうか。その年齢《ねんれい》を感じさせないほど妖艶《ようえん》で若々しい。だが昨日のアドリア貴妃のような子どもっぽい若さではなく、大人の色香が溢れ出ている。

銀の直毛はサラサラとフォルテの肩に降り注ぎ、白過ぎる肌《はだ》に艶《なま》めかしく赤い唇《くちびる》。そして長い睫毛《まつげ》の奥に火のようなオレンジの瞳《ひとみ》。

全体的に不健康だけれど、こんな頼《たよ》りなげに美しい人を見たことがない。そして貴妃の後ろには、すっかり鼻の下を伸《の》ばしたゴローラモが見えた。

まあゴローラモを責めることはできない。女のフォルテでも腰がくだけそうになったのだ。世の男性陣《じん》がこの姫《ひめ》を見たら、こんな反応になるのもいた仕方ない。

ようやくダリア貴妃をソファに寝《ね》そべらせ、フォルテはその向かいの一人掛《が》けの椅子《いす》に座った。

ゴローラモは頬《ほお》を赤くして、貴妃の三人掛けソファの端《はし》にちょこんと座っている。

(ちょっと！　なんでそこに座ってるのよ！　早く隠し通路を探しに行ってよ)

フォルテが心の声で注意を促《うなが》しても、ゴローラモは動こうとしない。

フォルテは諦《あきら》めたようにため息をついた。

「では、貴妃様。占いを始めさせていただきます。占ってほしいことがございますか？」

ダリア貴妃はソファに横になりながら、気だるい表情で口を開いた。

「わらわと陛下の相性《あいしょう》を占ってたも……」

フォルテは納得《なっとく》した。普通《ふつう》、後宮の姫が占い師《し》を呼ぶならそういう相談になるのが当たり前だ。昨日のアドリア貴妃みたいなのは例外中の例外だ。

「ではこのトネリコの葉に生年月日とお名前を。こちらの葉には陛下の生年月日とお名前をお願い致《いた》します」

ダリア貴妃は少し体を起こして、葉に年月を書き込む。

「生年月日は侍女に聞いておいたが、はて、陛下の名前はなんだったかのう……」

大して考えるふうでもなく、しばしの沈黙《ちんもく》が流れた。

「わ、分からなければ、デルモントーレ国王でもよろしいですわ」

何時間でも考えそうな貴妃にフォルテは口添《くちぞ》えした。

そしていつものように占盤《せんばん》に色石をばら撒《ま》いて占いを始めた。

ソファテーブルに広げた色石を見ながら、フォルテは頭を抱《かか》えていた。

(これはひどいわ……)

王の生まれ月に陣取るのは勝利の女神《めがみ》と呼ばれる石、ルビーだ。ダリア貴妃自身は勝負運のある稀《まれ》なほどの強運の持ち主だ。その強運をうまく転がせる相手であれば素晴《すば》らしい繁栄《はんえい》を築くこともできただろうけど……。

残念なことに王は占盤の石を見る限り、よく二十年以上も王をやってこられたものだと感心するほど平凡《へいぼん》で気弱な方のようだ。強い光を放つ貴妃に恐《おそ》れこそ抱《いだ》けども、癒《いや》されることはない。常に恐怖《きょうふ》を感じておられたはず。

(相性最悪……)

目の前の色石は決して相容《あいい》れない絶望的な相性を示していた。

(こんな美しい方なのに……)

この最悪な相性で、いったい二十年間どのように連《つ》れ添《そ》ってきたのかと思った。

(でも、相性最悪なんて言ったら殺される？　もしこの方が黒幕だったら……)

「ふふ。その様子は、最悪であったようじゃの」

フォルテはぎくりと占盤から顔を上げた。そしてありえないものを見た。

霊騎士ゴローラモがダリア貴妃に抱《だ》きつくようにして寝そべっている。

（ちょっとゴローラモ！　いくらなんでも貴妃様に失礼でしょ！　離れなさいよ！）

すっかり目の前の美女に溺《おぼ》れている霊騎士に心の声で注意する。

母テレサ命のゴローラモが珍《めずら》しい。

《私もいけないとは分かっているのですが、なんともこの美しい姫様に惹《ひ》きつけられて……離れたくとも離れられないのでございます》

ゴローラモは体の半分が姫に溶《と》け込んでしまっている。

（ゴローラモ！　まさか憑依《ひょうい》するつもり？　いい加減になさいよ！）

《いえ、憑依したくとも器《うつわ》が小さいだけじゃなく……なんだか先客が大勢いるらしく》

（先客？）

フォルテは驚《おどろ》いてダリア貴妃の体を凝視《ぎょうし》した。

妖艶な美しさに惑《まど》わされていたが、その色香の匂《にお》うような体からは禍々《まがまが》しい闇が煙《けむり》のようにあちこちから上がっている。

（ま、まさか……）

すでに憑依されている？　それも一体や二体ではなく……。

（か、数えきれない……）

フォルテは呆然《ぼうぜん》と全身に広がる禍々しい煙を見やった。

（ゴ、ゴローラモ、その闇を貴妃様の体から追い出して！）

《無茶言わないでくださいよう。彼らは闇に堕《お》ちたとはいえ、私と同類の霊魂《れいこん》ですよ。追《お》い払《はら》うどころか同化してしまいますよう》

ゴローラモは言葉通りにどんどん貴妃の闇に染まり始めていた。

（ちょっと、ゴローラモ！　しっかりしなさいったら！　もう追い払うのはいいから、あなただけでも離れなさい！）

《そうは言ってもなあ……。ここは気持ちいいんですよう……》

ゴローラモは酔《よ》ったように目をトロンとさせている。

フォルテは青ざめた。このままではゴローラモまで貴妃に取り込まれてしまう。

その間にもどんどんゴローラモが闇に包まれていく。

（ど、どうしよう……）

（こ、こうなったら最後の手段だわ）

「ゴローラモ！　母テレサが見ていますよっ！」

フォルテは渾身《こんしん》の大声で怒鳴《どな》った。

「え？」

突然《とつぜん》の大声に驚く貴妃の横で、直立不動になったゴローラモがいた。

「先に部屋に戻《もど》ってなさい!!」

フォルテの命令に、ゴローラモは《はいっ！》と敬礼して、すっと姿を消した。

さすがに母の名を聞いて我に返ったらしい。とりあえずゴローラモだけは助かった。

「突然どうなさったのえ？　驚いたのじゃ……」

ダリア貴妃は驚いたという割に落ち着いた仕草でフォルテを見つめた。

「いえ、それよりダリア様、その体調の悪さはいつからですか？」

「わらわは生まれた時から病弱じゃったが、社交界に出たあたりから特にひどくなった」

「社交界に出たあたりから？」

「うむ。わらわに夢中になる殿方《とのがた》が多くてのう。一緒《いっしょ》になれなければ死ぬと言い出す殿方もいて、実際に自死した者も何人かいた。わらわを取り合って決闘《けっとう》になり死んだ者もいる。わらわがいると死人が出ると、社交界から半ば追い出されるようにして後宮に入ったのじゃ。されどどこも死人の多い場所じゃ。わらわがいると死人が出るのかもしれぬ」

この姫は生まれつき、極度の霊媒《れいばい》体質なのだ。

困った。フォルテは少し勘《かん》がよくてゴローラモを見ることはできるが、それ以上の力はない。悪霊《あくりょう》を祓《はら》ったり浄化《じょうか》させたりする能力などないのだ。

「わらわの心の中はハーレムなのじゃ。わらわを愛し過ぎた殿方で溢れ返っておる」

貴妃自身も気づいているのだ。大勢の怪《あや》しい存在に。

ただ、それを嫌《いや》がるというよりは楽しんでいるように見える。

「のう、占い師殿《どの》。陛下が譲位《じょうい》されたら、わらわはここから出るのかのう。さすればどうなると思う？　占ってたも」

「それは……」

占わなくとも分かる。またこの貴妃に夢中になった男達の屍《しかばね》の山ができることだろう。女ばかりの後宮の、さらにこの宮の中だけにとどまっているから、被害《ひがい》が最小限に済んでいるとも言える。

「王太子殿下《でんか》はわらわをどうするつもりじゃ？　わらわを追い出すなら、王国に地獄《じごく》が広がることになるやもしれぬのう。そうは思わぬか？　占い師殿」

「地獄……」

フォルテにも黒い闇が広がるその光景が見えたような気がした。

「占盤では道は三つございます。波乱か、平穏《へいおん》か、それとも……」

フォルテが言いよどんだまま見つめた石を、ダリア妃は長い指でつまみ上げた。

闇を閉じ込めたような真っ黒な石。モリオンとも黒水晶《くろずいしょう》とも呼ばれている。

本来、浄化や魔除《まよ》けを意味する石だが、ここでは……。

「嫌な石じゃのう。わらわの内に宿る声が嫌がって拒絶《きょぜつ》しておる」

ダリア妃は、ぴっと指をしならせ、フォルテに向かって石を飛ばした。

「あっ！」と間一髪《かんいっぱつ》、摑《つか》んだ手の中でモリオンは真っ二つに割れていた。

「わらわの中の闇も、今ではわらわの愛《いと》しい一部じゃ。殿下がこの石を選ぶのならば、わらわも行動せねばのう。そうであろう？　占い師殿」

ダリア妃は、禍々しくも美しいオレンジの目でフォルテに微笑《ほほえ》んだ。

モリオンは浄化の石。魔を浄化するということは、ダリア妃の内に潜《ひそ》む者を一掃《いっそう》するということ。それはダリア妃にとっては死に等しい意味を持つのかもしれなかった。

「あれは彷徨《さまよ》える霊魂を惑わす魔性《ましょう》の女性ですな。ひっふー」

「あっさり惑わされそうになっていたくせに、他人事《ひとごと》みたいな言い方して」

自室に戻ったフォルテは侍女姿に着替《きが》えていた。

結局隠し通路を探すどころか、あの宮は危険過ぎてゴローラモは近づくこともできない。

「テレサ様を思い出さねば危ないところでした。はっふー」

「ところでさっきから何をしているの？」

「見て分かりませんか？　懸垂《けんすい》ですよ。いやはやしかし、この重量感ある体を持ち上げるのはきついです。ひっふー」

ゴローラモ女官長がベッドの四方を囲む天蓋のへりを摑んで巨体を上下させている。

ピンクのレースが織り重なる華《はな》やかな空間に、肉厚なブレス女官長の懸垂姿のカオス。

フォルテは見なかったことにしようと頭を振《ふ》って話を変えた。

「それにしてもダリア貴妃様が後宮の黒幕なのかしら？　いろんな闇を抱えてそうではあるけど、王子様はともかく妃殺《きさき》しをするような方には思えないのよね」

「当然です。あのように美しい方が人殺しなどするはずがありません。ひっふー」

フォルテは、すっかりダリア妃の信奉《しんぽう》者になっているゴローラモに閉口した。

「人殺しをしないという意味で言ったんじゃないわ」

「ではどういう意味なのです？　はっふー」

「殺すなら男性を殺すだろうという意味よ」

「ひっ……ふー？」

ゴローラモは懸垂しながら目を見開いた。

「あの方は男性にしか興味がないわ。それも死んだ男性にしかね。女性に対して殺そうと思うほどの関心を持つことがないと思うの」

「ど、どういうことでございますか？」

「国王陛下のハーレムの一人になるよりも、自分が女王になってハーレムを作りたい人だということよ。でもそんなことを世間は許してくれないでしょう？　だけど霊ならば誰も文句を言わないわ。好きなだけハーレムを作って女神のように崇《あが》められる」

「では、陛下の寵愛《ちょうあい》を勝ち取って正妃になりたいとかは……」

「陛下一人しか愛せない人生なんてあの方には物足りないでしょうね」

「だったら他の妃や王子を邪魔《じゃま》に思って殺すことは……」

「自分のハーレムを邪魔されない限りしないと思うわ。ただしハーレムを壊《こわ》そうとする人間がいれば、たとえ陛下でも殺すでしょうけどね」

「はっ……ふー」

ゴローラモは懸垂の呼吸で返事をしながら運動を終了《しゅうりょう》した。

「分かってる？　一番危険なのはあなたなのよ、ゴローラモ。二度とダリア様に近づかないでね。次は間違いなくあの方の中の闇に取り込まれてしまうわよ。もう霊のまま後宮の中をうろうろしないでちょうだい。お願いよ」

「ですが次の貴妃様で最後なのですよ。何も見つからなかったらどうするのですか？」

「それなんだけど、やっぱり黒の騎士様を探して隠し通路の話をもっと詳《くわ》しく聞いてみようと思うの。あの方は何かに気づいていらっしゃるみたいだったもの」

「またその夢物語ですか？　フォルテ様が見た夢の中の騎士でしょう？」

「ち、違うわよ。名前だってアルト様だと教えてくれたわ」

黒幕が見つけられない焦《あせ》りもあるけれど、もう一度会って話してみたい。話さなきゃいけない気がする。それがどうしてなのか、フォルテにも分からないけれど。

「私は黒の騎士など見ていませんよ」

「だからゴローラモは部屋で腕立《うでた》て伏《ふ》せをしていて見てなかったんじゃない」

「これほどフォルテ様にぴったりつき添っている私が二度も見逃《みのが》すなんてことがあるでしょうか？　ありえませんよ。夢の中まではさすがにつき添えませんが」

「信じないならいいわよ。自分で探し出して聞いてくるから」

「王宮の方へ行かれるつもりですか？」

「あの位の高そうな装《よそお》いから考えても、王宮のどこかにいらっしゃるはずだもの。侍女部屋の人に聞けば誰か知っているはずよ」

「それなら私も気になっていることがありますのでご一緒します」

　フォルテとゴローラモは昼から後宮を出て王宮を調べることにした。

《では私は一旦《いったん》女官長の体を離れ、霊騎士となっていろいろ探ってまいります》
　ブレス女官長として侍女部屋までフォルテを連れていったゴローラモは、そこで体から抜《ぬ》け出て王太子の様子を見に行こうと思っていた。

まずは壁を通り抜け王太子の部屋に行ってみたが、あの巨体はなかった。

クレシェンだけが秘書官の机で仕事をしている。

《殿下の行方《ゆくえ》なら見当がついていますとも》

ゴローラモはクレシェンにペコリと頭を下げると、そそくさと厨房《ちゅうぼう》に向かった。そしてそこには案の定、ありえないほどの巨体を持て余した王太子の姿があった。料理人にお菓子《かし》を分けてもらって、ご機嫌《きげん》な様子で頬張《ほおば》っている。

その八の字眉毛《まゆげ》でだらしなく貪《むさぼ》り食べる様子をこっそり見ながら……。

ゴローラモは人知れず、だあ——っと涙《なみだ》を流した。

《なんとおいたわしい。若くして王宮を離れ素性《すじょう》を隠して育てられたものの、数多《あまた》の刺《し》客《かく》に襲《おそ》われたとお聞きしていました。他の王子様達が次々暗殺され、一人生き残った重圧はいかほどのものか。そのストレスで、もはや食べることにしか生き甲斐《がい》《い》を見つけられなくなられたのだ。うっうっ。お気の毒に》

「なるほど。気の毒な激太り王子ということか」

《激太り王子だなんて失礼なこと……。思っても言うものではありませんよ。仮にもこの国の王太子殿下なのですから》

「うむ。そなたは忠義な騎士なのだな」

《もちろんでございます。私が心よりお仕えするのはテレサ様ただ一人ですが、デルモン

トーレ国と王家にはその昔、忠誠を誓《ちか》った騎士でもあります。騎士たるもの、この身が果てようと一度誓ったことを覆《くつがえ》すものではありません》
「うむ。確かにその身は果てておるな。見上げた忠義だ」
《そうでございます。この身はすっかり果てて……ん？》
ゴローラモは誰としゃべっているのかと、背後を振り返った。そして……。
《なっ!!》
そこには全身黒ずくめの騎士が立っていた。
「はじめましてと言うべきか。青貴婦人の側近騎士殿《きしどの》」
ゴローラモはパクパクと口を開けたり閉じたりしながらも、あまりの驚きに言葉が出ない。その麗《うるわ》しい容姿は、フォルテが語っていたまさに黒の騎士だった。
「こんな所でまた会えるとは思っていなかった」
アルトはにんまりと微笑んだ。
《わ、わ、私が見えるのですか？　そ、そんな、まさか……》
ゴローラモはわたわたと自分の体とアルトを交互《こうご》に見た。
「よく見えるぞ。しかし、幽霊《ゆうれい》を見るのは初めてだ。尋問《じんもん》室で最初に見た時は驚いた。さすが占い師ともなれば不思議なものを連れているのだな」
《わ、私をどうしようと……》

「うむ。どうしようもこうしようも、私と青貴婦人殿にしか見えぬそなたをどうしたところで誰もなんとも思わぬだろうな」

《そ、そうでございます。こんな私をどうしたところで何を言っているのかと怪しまれるだけでございます》

ゴローラモはほっと胸を撫《な》で下《お》ろした。

「だが、青貴婦人殿は生身の人間だからな。霊を使って王宮を探るなど、反逆罪を疑われても仕方あるまいな」

《ま、まさか……》

ゴローラモは蒼白《そうはく》になる。

しかしその様子を見てアルトは、ははっと笑った。

「いや、すまぬ。クレシェンの脅《おど》し癖《ぐせ》がうつったようだ。心配するな。そんなことをするつもりはない」

《では、いったい……》

「そうだな。青貴婦人殿を守りたいならば、しばし私のことを黙《だま》っていてもらおうか。ここで私に会ったことも内緒《ないしょ》にしてもらおう」

《しゅ、主君に嘘《うそ》をつくのですか……?》

忠義な男が絶望を浮《う》かべている。

「テレサと呼んでいたか。それが青貴婦人殿の名か」
《え……、それは……》
さっきうっかりテレサの名前を出してしまっていたらしい。
「嘘までつかなくともいい。ただ黙っていてくれ。そうすれば私もそなたのことを誰にも言わないでおこう」
《ほ、本当ですか？　あの恐ろしいクレシェン様にも？　で、殿下にも？》
「うむ。殿下にも黙っていてやろう」
その王太子本人だとはまったく気づいていないらしい、とアルトはおかしくなった。
《わ、分かりました。テ、テレサ様には何も言いません》
フォルテをテレサだと勘違《かんちが》いしているのはちょうどよかったかもしれない、とゴローラモは訂正《ていせい》しないことにした。
「ところで、先程《さきほど》王家に忠誠を誓った騎士と申しておったが、そなたは何者だ？　見たところ、かなり位の高い騎士の衣装だと推察できるが……」
《そ、それは……、あ、あなたの方こそ何者ですか？　そのような黒ずくめの騎士など王宮で見かけたことはございませんが》
「ふむ……なるほど。お互《たが》い詮索《せんさく》されたくないか……」
《騎士たるもの、約束をしたからには必ず守ると誓いますが、主君の素性をぺらぺら話す

わけにはまいりません。拷問《ごうもん》にかけられようとも絶対言えません！》
「霊のそなたを拷問にかけようもないがな」
アルトはおかしそうに笑った。
「まあ、そうだな。さっきの話しぶりから王家に陰謀《いんぼう》があるようには見えぬな。そなたの忠義を信じてお互い詮索しないことにしよう」
ゴローラモはほっと息をついた。
「そなたの力を使って青貴婦人殿は占いをしているのか？」
《いえ。フォ……テ、テレサ様は元々占いの力をお持ちです。占いに関しては、私は何も手出ししておりません》
「ふむ。彼女に備わった能力なのだな。なかなか興味深い女性だ。侍女のフォルテも青貴婦人殿のことを信頼《しんらい》しているようだったし、人望があるのだな」
《フォッ？》
急にフォルテの名前が出て、ゴローラモは変な声が出た。
「ん？　フォルテという名の青貴婦人殿の侍女がいるだろう？」
《え、ええ。そうです。ただの侍女です》
「？　ただの侍女？　ただの侍女じゃない侍女がいるのか？」
怪しむ様子のアルトに、ゴローラモは慌てて話題を切《き》り替《か》えた。

《い、いえ。そんなことより騎士様、どうかテレサ様を解放するよう王太子殿下とクレシエン様にお願いしていただけませんか？　テレサ様は病身のいも……娘《むすめ》の治療《ちりょう》費を稼《かせ》ぐために占いをしているだけなのです。今、全力で占っておられますが、答えが出なくともそれはテレサ様のせいではありません。三日も家を空けて病身のお嬢様《じょうさま》がどれほど不安かと、ただただ心配しておられます。だからどうか……》

頭を深く下げる霊騎士に、アルトは肯《うなず》いた。

「そうだな。今回のやり方は私もあまりに理不尽《りふじん》だと思っている。青貴婦人殿は近いうちに必ず帰すと約束しよう。だがそなたにはここに残ってもらうかもしれんぞ。そなたの力を借りたい問題がある。それでもよいか？」

《分かりました。テレサ様を無事に帰していただけるなら、私がここに残りましょう》

「そうしてくれると助かる。霊といえども報酬《ほうしゅう》はちゃんと出す。占い師殿に渡《わた》すとしよう。ええとそれで……名はなんと呼べばよい？　霊騎士殿」

「ゴローラモでございます」

嘘のつけない男だった。

フォルテはゴローラモが窮地《きゅうち》に陥《おちい》っていることも知らず侍女部屋にいた。

「黒髪の麗しい騎士様？　さあ、見たことないわね」

「黒ずくめの騎士様なんて知らないわ」

フォルテが黒髪の騎士のことを尋《たず》ねても誰も知らないようだった。

「そんな素敵《すてき》な騎士様がいたらもっとみんな騒《さわ》いでるわよ」

「ほんと、ほんと。もっと潤《うるお》いが欲《ほ》しいのよね〜」

「まったくね〜。クレシェン様はお美しい方だけど、いつもいらいらしてらっしゃって怖《こわ》いし、ダル様はよい方なんだけど恋愛《れんあい》対象としてはちょっとねえ……」

侍女達はうんうんと肯いている。

「それに王太子殿下は古参の侍女達がお世話しているから全然近づけないし」

残念ながらアルトは侍女フォルテの行動範囲《はんい》にはいないらしい。

「それより、あなた後宮にいて怖くない？」

「ほんとよ。よくあんな恐ろしい黒後宮にいられるわね」

侍女達は恐ろしそうに身を縮めた。

「若い女性が入ると呪《のろ》い殺されるって聞いたわ」

「美しい女性は特に危険らしいわよ。あなた、危ないんじゃないの？」

「あ、危ないって？」

どうやら侍女達の間では、後宮は巷《ちまた》の噂《うわさ》以上に恐ろしい場所らしい。

「占い師様が仮宮に入られるって聞いて、誰がお世話するのかって大騒ぎになったのよ。ブレス女官長なんて、美しい女性が狙《ねら》われるなら自分は危険だって最初の挨拶《あいさつ》しか行かないって言って騒いでたんだから」

「それなのに、今は占い師様の専属になってお部屋に入り浸《いびた》っているのよね」

「どういう心境の変化かしらって、みんな不思議がってるのよ」

「青貴婦人様の占いの力に心酔《しんすい》しているのかしらって話してたんだけど」

「ねえ、そんなに青貴婦人様の占いって当たるの？」

今度はフォルテが侍女達の質問攻《ぜ》めにあった。

「さ、さあ。でも確かにブレス女官長は青貴婦人様と気が合うみたいね」

「あのブレス女官長が珍しいわね」

「誰にでも文句ばかり言ってるのに。何かあったのかしら？」

「そういえば、最近様子がおかしい時があるわね」

（ま、まずい）

ゴローラモの入ったブレス女官長は、やっぱり様子がいつもと違うらしい。

そろそろここを出た方がいいかもしれないと思っていた、その時。

「まあ!!　なんですか、あなた達!!　こんな所で油を売って！」

突如《とつじょ》、侍女部屋の入り口に威圧《いあつ》的な声が響いた。噂のブレス女官長だった。

ゴローラモが抜けた後、少し休むと言って休憩《きゅうけい》していたのだが元気になったようだ。

侍女達はわたわたと立ち上がって、それぞれの作業に戻る。

フォルテもそれに倣《なら》って侍女の一人にくっついて部屋を出ようとした。

「あら？　あなた見ない顔ね。誰だったかしら？」

ブレス女官長は、そのフォルテを目ざとく見つけ声をかけた。

（しまった！　見つかった！）

まだ残っていた侍女達が首を傾《かし》げる。

「嫌ですわ、女官長様。先日ご自分で親戚《しんせき》の子だと紹介《しょうかい》なさってたではありませんか。臨時の占い師様付き侍女のフォルテですわ」

「は？　私が？　そんなバカな……」

ブレス女官長はフォルテの前まで来て、ジロジロと眺《なが》め回した。

（やばい、やばい！　どうしよう……。ゴローラモッ!!）

その名を心の中で呼べば、瞬時《しゅんじ》に飛んできてくれるはずだった。それなのに……。

（ゴローラモ！　ゴローラモったら！）

何度呼んでも現れない。

まさか、のっぴきならない状況《じょうきょう》で、それどころでないとはフォルテも知らなかった。

（ゴローラモのバカ！　ほんとに肝心《かんじん》な時に役立たずなんだから!!）

心の中で詰《なじ》ってみても状況は変わらない。

「あなたのような親戚がいたかしら？　どこの家筋の者なの？　言ってごらんなさい」

ブレスが眉《まゆ》を寄せながらフォルテに迫《せま》ってくる。

「お、おばさまったら嫌だわ。もしかして物忘れの実をお食べになったのではないですか？」

「物忘れの実？」

「そうですわ。最近密かに陰《かげ》で出回っているそうです」

「そういえば……。このところ本当に記憶《きおく》が途切れ途切れで……。食事もノドを通らないのよ。このままでは痩《や》せて死んでしまうのではないかと心配だったの」

「……」

その場にいた全員が（絶対ない！）と心の中で叫《さけ》んだ。

「それに妙《みょう》に体の節々が痛くて……。運動もしていないのに筋肉痛のような……」

「おばさま！　もしやそれは王宮でのおばさまの活躍《かつやく》を妬《ねた》んだ間者の仕業では！」

フォルテは、ここだ！　とばかり大袈裟《おおげさ》に驚いてみせた。

「まあ!!　なんてことでしょう！　この私は、確かに殿下とクレシェン様の信頼も篤《あつ》く、妬まれることも充分《じゅうぶん》考えられるわ！　まさかそれで物忘れの実を食事に混ぜ込まれて」

「そ、その通りですわ！　ブレスおばさま!!」

「ああ。よく教えてくれたわ。えっと名前は……」

「フォルテですわ、おばさま」

「フォルテありがとう。さっそくクレシェン様にご相談せねばなりませんわね」

慌てて立ち去るブレス女官長に、フォルテはほうっと息を吐《は》いた。

（また嘘をついてしまった……）

王宮に来てからというもの、嘘に嘘を重ねる日々が続いていた。

自己嫌悪《けんお》ですっかり意欲をなくしたフォルテは、リネンの束を持って仮宮に戻ることにした。これ以上ここにいて嘘を重ねるのが辛《つら》くなった。

黒の騎士に協力してもらおうと思っていたが、見つからないのだから仕方がない。

（やっぱり大人しく明日の貴妃様の占いに備えよう……）

とぼとぼと仮宮の回廊《かいろう》を歩くフォルテは、背後から声をかけられて飛び上がった。

「持ちましょうか、お嬢さん？」

驚いて振り向くと、穏《おだ》やかな笑顔《えがお》のアルトが立っていた。

「アルト様……」

広い歩幅《ほはば》で横に並ぶと、ひょいとリネンの束を持ってくれた。

「あ、ありがとうございます」

どこから現れたのだろうと、フォルテは背の高い騎士を見上げる。

「王宮の方に行っておられたのですか？」

「え、ええ。実はアルト様を探していました」

「私を？　あなたに探していただけるとは光栄です。私もあなたに会いたかったのです」

昼の明るさの中で一層麗しい騎士に会いたかったと言われて、フォルテの鼓動《こどう》が跳《は》ねた。

「こ、この時間はお仕事中ではないのですか？」

フォルテは動揺《どうよう》を抑えて尋ねる。

しかし口元に人差し指を当てていたずらっぽく微笑むアルトにさらにドキリとした。

「内緒で抜けてきました。見つかるとまずいのです」

慌てて周りを見渡したが、回廊の先まで誰もいない。

「ところで、青貴婦人殿は二人の貴妃様の占いを済ませたと聞きました。占いの時はフォルテ殿も付き添われるのですか？」

アルトは唐突《とうとつ》に尋ねた。

「あ、いえ。ブレス女官長様が宮の入り口まで送って、あとは青貴婦人様一人で入られているようです」

フォルテは侍女になったつもりで答えた。

「では貴妃様達がどんな方なのかは見てないのですね」

アルトは少しがっかりしたように言った。

フォルテは少し迷ったものの、アルトに知っていることを話そうと決心した。

「実は……青貴婦人様から占いの様子は聞いています。青貴婦人様も必死なのです。私にもどんな情報でもいいから集めてほしいとおっしゃっています。もしアルト様が協力してくださるなら、私も青貴婦人様からお聞きしたことをお教えします」

「本当ですか？　もちろん私に分かることならなんでも話します」

お互いの気持ちが一致《いっち》したところで、フォルテは二人の貴妃について概要《がいよう》を話した。

フォルテの話を聞きながら、アルトは想像もしなかった二人の貴妃の様子に驚いていた。

「水妃の宮は水路が張《は》り巡《めぐ》らされているのですか？」

王宮内部には詳しそうなアルトですら、貴妃達の宮の中のことはまるで知らなかった。

「どうやってそんな大量の水を引き込んでいるんだろう」

アルトは首をひねって考え込んだ。

そしてダリア貴妃の話になると、もはや理解不能で頭を抱えてしまった。

「青貴婦人様は、今のところどちらの貴妃様も黒幕らしい様子は感じられなかったと言っています。残るは明日の『斎妃の宮』の貴妃様だけです」

アルトは肯いた。

「昨日の話の続きをしましょう。斎妃の宮の貴妃様は少し特殊な家筋の姫君なのです」

「そうなのですか？」

「斎妃の宮の貴妃様は、他の二人とは少し違う思惑《おもわく》があるかもしれません」

「違う思惑？」

「斎妃の宮は、他の宮と違って代々ワグナー大司教の姫君専属の宮なのです」

「大司教家？」

「ええ。デルモントーレ国の神々を祀《まつ》り、教会をまとめる強大な権力を持っています。それは時には王さえも神の名のもとに粛清《しゅくせい》するほどの権力です」

「粛清……」

「考えたくはないですが、そのワグナー家が王に成り代わろうと粛清を口実に後宮を牛耳《ぎゅうじ》ろうとしていたなら、斎妃の宮の貴妃様にもまた動機があるということになります」

「そんな。大司教の姫君までが？」

「王家の血筋をここで途絶《とだ》えさせて、王に成り代わろうとする者がいるのです。あるいは三貴妃すべてがその密命を帯びて後宮に入り込んでいるのかもしれません」

王家はフォルテが思う以上に危《あや》うい状態になっているらしい。

「アルト様は誰が怪しいと思ってらっしゃるのですか？　隠し通路のありかと何か関係があるのですか？　ここまできたら教えてください。決して危険なことはしませんから」

アルトは少し迷ったようだが、決心して口を開いた。

「私は隠し通路を持つ宮の貴妃様こそが黒幕ではないかと思っています」

「‼」

フォルテは驚いてアルトを見つめた。

「側妃の事件を調べていて気づいたのです。後宮内で殺された側妃もいますが、多くは行方知れずになっています。後宮内に出入りする人や物資は、たった一つの出入り口で厳重にチェックしています。さらに王宮の外に出るには、何重ものチェックが必要です。側妃の身が、たとえ死体になっていても消えてしまうなどありえない。それに一件だけ、王宮の外で死体となって見つかった側妃がいたのです。つまり、側妃は王宮に通じる出入り口を使わずに外に出たということです」

「では隠し通路を見つければ……」

「ええ。本来なら三貴妃様が次世代に伝え、王族の危機に備えるものでした。ですが正しく引き継《つ》がれないままに現在に至っています。陛下も王太子殿下も、隠し通路がどこにあるのか分からないのです」

「わ、分かりました。では隠し通路を探ってみます！」

意気《いき》込むフォルテを見て、アルトは慌てたようにフォルテに向き合い両肩を摑んだ。

「ま、待ってください！　情報として青貴婦人殿にお伝えするだけでいいのです。危険なことはしないと言ったでしょう？　だから話したのです。どうかそれだけは守ってください」

いきなり真剣《しんけん》な目で見つめられ、再びフォルテの鼓動が跳ねた。その瞳から本気で心配していることが伝わってくる。

「でも侍女の私の方が入り込める場所もあるでしょうし……」

まだやる気でいるフォルテに、アルトは懇願《こんがん》するように首を振った。

「いえ、そんなつもりで言ったのではありません。誰が殺されるとも分からない場所です。どうかあなたは無茶をしないでください。未来ある大切な身です」

「未来ある大切な身？」

亡《な》き母テレサがフォルテにそんなふうに言っていたことを思い出した。

「どうかしましたか？」

アルトは何かを考え込んでいるようなフォルテを不思議そうに見た。

「あ、いえ。亡くなった母が、幼い頃花壇《ころかだん》から落ちて怪我《けが》をした私に、そんな言葉をかけてくれました。怒《おこ》られたのになんだかとても温かい気持ちになったのを覚えています」

「お母上を亡くされていたのですか……。私も同じようなものです。もっとも私は母の顔すら覚えていませんが」

「まあ。そんなに小さい頃にお母様を？」

「ええ。父は生きてはいますが縁《えん》が深いとは言えないですね」

フォルテは、同じような境遇《きょうぐう》のアルトに親近感がわいた。出会ってすぐの相手なのにこんな深い話までしている自分が不思議だった。そして同じように打ち明けてくれるアルトの言葉が嬉《うれ》しい。ほんの少し特別な存在になれたような気がして心が弾《はず》んだ。

「ですがいい家に引き取られ、結構幸せに育ったと思っています」

屈託《くったく》のないその笑顔を見て、フォルテはふと先日のアルトの言葉を思い出した。

──後宮で犠牲《ぎせい》になった大事な人──

そして気づいた。

(そんなふうに言っていた姫君はもしかしたら……。その引き取られた家のご令嬢《れいじょう》？　密《ひそ》かに想《おも》っていた幼馴染《おさななじみ》のご令嬢が後宮に召《め》されてしまって行方不明になられた？　ア　アルト様は今もその姫君を忘れられず捜し続けているとか？)

ふと思い浮かんだ推測は、正解のような気がした。

そうでなければ危険をおかしてまで、青貴婦人に協力したいと思わないだろう。

(そういうことだったのね……)

弾んだ心が、虚《むな》しくしぼんでいくのを感じた。

「アルト様は大切な方に出会えたのですね。私もそんな人と暮らしたかった……」

「幸せではなかったのですか？」

「私は……王家に見捨てられた人間ですから」

フォルテは自嘲《じちょう》を込めて苦笑《くしょう》した。

「王家に見捨てられた？　それはどういうことですか？」

アルトはその言葉がひどく気になった。

「いいえ。なんでもないの。余計なことを言ってしまいました。どうか忘れてくださいませ」

「しかし……」

「ともかくいっぱい働いて、自分の力で生きていくしかないのですわ。だからアルト様の気遣《きづか》う言葉が少し嬉しかったのです」

「フォルテ……君は……」

何か言いかけたアルトだったが、隠密《おんみつ》の見張る部屋に近づくと声が途切れた。

「アルト様？」

フォルテが振り向いた時にはリネンの束を残してアルトの姿は掻《か》き消《き》えていた。


「また長い昼寝《ひるね》でございましたね。さぞ楽しい夢を見ていたのでしょう」

アルトが着替えて寝室《しんしつ》から出てくると、クレシェンは嫌味《いやみ》ったらしく言った。

「ああ。印象深い夢だった。今すぐもう一度続きを見たいぐらいだ」

アルトはフォルテの最後の言葉が気になっていた。

王家に見捨てられたとはどういう意味なのか。

明るい空色の瞳が淋《さみ》しげに翳《かげ》ったのが、ずっと心の中に焼きついている。

「？　何かありましたか？」

クレシェンは考え込む王太子に首を傾げた。

「いや、夢の中に出てくる少女が気になって仕方がないんだ」

「夢の中の少女より現実の女性に目を向けてください。そんなことより大変なことが分かりました、アルト様」

「大変なこと？」

アルトはクレシェンに聞き返した。

「あの占い師。とんでもない食わせ者かもしれません」

「青貴婦人が？」

「占いの館を見張らせていた隠密が、出入りする男の行き先を突《つ》き止《と》めました」

「出入りする男の行き先？」

「はい。なんとヴィンチ公爵《こうしゃく》家の料理人だったようでございます」

「ヴィンチ公爵とは……。最近ベルニーニ側についていると言っていたあの……？」

一気にアルトの顔色が変わった。

「はい。どうやらヴィンチ家に関係のある女のようです。これは何か陰謀があると見ていいでしょう」

「待て。そういえば五年前に公爵が亡くなったが、彼の妻の名は確か……」

「テレサ……でしたか？　公爵と同時期に亡くなったと報告を受けていたように思うのですが……。とにかく調べ直さねばなりません」

アルトは青ざめたまま呟《つぶや》いた。

「テレサ……」

「何かご存じで？」

「い、いや、そういうわけでは……」

「ともかく、後宮の黒幕を探らせるつもりで呼んだ青貴婦人でしたが、思いがけずクーデターの黒幕も摑むことができるかもしれません。明日で占いも終わることですし、あえて泳がしてみるのも手かもしれません。……ふふふ」

クレシエンが悪巧《わるだく》みの顔でほくそ笑《え》んだ。

そんな側近とは裏腹に、アルトの顔には焦りが浮かんでいた。

（青貴婦人はただの占い師ではないのか？　だったら……）

フォルテが危ない……とアルトは蒼白な顔で立ち上がった。

第七章　フォルテ、斎妃の宮の貴妃様を占う

「ゴローラモったら昨日は一日どこに行っていたの？　助けを呼んでも来ないし、結局朝まで帰ってこないんだもの。何かあったのかと心配したのよ」

フォルテはブレス女官長姿のゴローラモと朝食をとりながら、霊騎士《れいきし》に文句を言った。

「す、すみません。少し悩《なや》み事が……」

珍《めずら》しくシュンとして、いつもより食欲がない。……といっても二人分ぐらいは完食しているが。

「悩み事？　霊騎士のあなたにどんな悩みがあると言うの？」

「れ、霊にもいろいろ人に言えぬ悩みがあるのです」

「人に言おうにも聞ける人間は私しかいないじゃないの」

「そ、それが……」

もう一人増えたことが問題なのだ。しかも、その相手が……。

「そういえば昨日もアルト様に会ったのよ！」

「‼」

まさに悩みの元となっている名前がフォルテの口からタイムリーに出てきて、ゴローラモは食べかけのパンをポロリと落とした。

「な、な、何か言っていましたか？」

「何を慌《あわ》てているの？　もう私の夢だとか言わないのね？」

「もちろんでございます。フォルテ様の言葉を疑おうなどと微塵《みじん》も思っておりません！」

「昨日までは全然信じてなかったくせに。やっぱり何かあったの？」

「い、いいえ。それで何を話したのですか？」

「今日占《うらな》う貴妃《きひ》様の情報を教えてもらったの。それに、隠《かく》し通路のこともね」

「また隠し通路でございますか」

「黒幕を突《つ》き詰《つ》める重要な証拠《しょうこ》になるんだから、今度こそ私が占っている間に探してよね」

ゴローラモはすっかりアルトを信用しているフォルテに不安を覚えた。

「あまりその騎士を信用し過ぎない方がいいですよ、フォルテ様」

「あら、どうして？」

「ど、どうしてって、見目麗《みめうるわ》しい男は大抵《たいてい》腹黒いものです。しかも正体不明の怪《あや》しい男なのですよ」

「怪しくなんてないわよ。正体を隠しているのは私も同じでしょ。家族のことを話してくれたし、それに……」

フォルテはそこまで言って、口を閉ざした。

考えないようにしていたのに、つい彼の忘れられない人のことを思い出してしまう。

そして胸がちくりと痛んだ。

(……どうしてこんな気持ちになるのかしら。私達は会って間もない上に、ただの協力関係でしかないはずなのに)

黙《だま》ったままでいるフォルテに首を傾《かし》げつつ、ゴローラモは懇願《こんがん》するように言った。

「とにかくその黒の騎士にはご注意ください、フォルテ様」

「注意？　何を注意するの？」

「いえ、あの方は非常に勘《かん》のいい方だと思いますので。いろいろバレないように……」

すでに最大の秘密がバレてしまっているのだが……と心の中で呟《つぶや》くゴローラモに、フォルテははたと現実に戻《もど》って疑念を抱《いだ》いた。

「なんだかよく知っているような言い方ね」

フォルテは怪しむように、女官長姿の霊騎士を見つめた。

「い、いいえ！　滅相《めっそう》もない！　私《わたくし》は全然、まったく、何一つ知りません!!」

「……」

フォルテが不審《ふしん》な霊騎士をさらに問い詰める前に、隠密《おんみつ》が部屋の外から声をかけた。

「青貴婦人様、『斎妃の宮』から迎《むか》えの侍女《じじょ》が参りました」

『斎妃の宮』の貴妃は、他の二人の貴妃と違《ちが》って侍女が部屋まで迎えにやってきた。

迎えの二人の侍女は、おくれ毛一本なく後ろに結《ゆ》わえた頭で、灰色の地味な侍女服だった。歳《とし》は中年ぐらいで、今年四十歳だという貴妃と同年代と思われた。

案内された宮は、エリア全体が緑一色で統一されていて重厚《じゅうこう》な感じがする。

そして石畳《いしだたみ》の敷《し》かれた中庭を通ると、目の前に教会のような建物が現れた。

「トレアナ貴妃様は、デルモントーレ国の大司教ワグナー家のお方でございます。貴妃様ご自身も聖女の称号《しょうごう》をお持ちでございます。くれぐれも失礼のないように」

「わ、分かりました」

注意を受け教会の扉《とびら》を侍女達が開くと、フォルテはその光景に息をのんだ。

あまりに静かで気づかなかったが、教会の中は跪《ひざまず》く女性で埋《う》め尽《つ》くされていた。

みんな祭服に身を包み、膝《ひざ》をつき、額を床《ゆか》につけて一心に祈《いの》りを捧《ささ》げている。

その厳粛《げんしゅく》な景色の先に、数段高くなった祭壇《さいだん》があり、緑の服の女性が奉《たてまつ》られるように背もたれの高い椅子《いす》に鎮座《ちんざ》していた。

（あれがトレアナ貴妃様？）

《この『斎妃の宮』の貴妃様は、神妃と呼ばれております。神の妃《きさき》ですので王の正妃よりも高い地位になります。男性は陛下しか会うことが許されず、もちろんこの教会にも陛下以外の男性は入ることができません。私も生前は噂《うわさ》で聞いただけでございましたが……》
ゴローラモが入り口で尻込《しりご》みしている。
「どうぞ青貴婦人様、お進みください」
居並ぶ女性達の真ん中に、貴妃に向かって真っすぐに通路が開いていた。
(ゴローラモ。さっき言った通り、あなたもついてきて隠し通路を探してね！)
《で、ですが男子は陛下しか入れない神聖な場所でございますよ》
しかしゴローラモは、いざ教会を目の前にすると難色を示した。
(死んでるんだから男性も女性もないでしょ？)
《ば、ばちが当たったらどうするんですか！》
(幽霊《ゆうれい》なんだからばちが当たろうが関係ないじゃない。お願いよゴローラモ。あなただけが頼《たよ》りなのよ)
《ううう。仕方ありませんね》
観念して一歩教会に入ろうとしたゴローラモだったが……。
《ぎゃあああああ!!》
叫《さけ》び声《ごえ》と共にジュッと音を立てて、ゴローラモの足先に青い炎《ほのお》が上がった。
《ひいいいい!!　燃えてるっ!!　燃えてますう〜!!》

慌ててマントで炎を消している。

（何？　どうしたの？）

《やっぱり無理ですう～！　神の御光で成仏《じょうぶつ》してしまうかもしれないですよお～》

（じ、成仏？　大変だわ！　早く離《はな》れてっ！　ここから離れるのよ、ゴローラモッ‼）

ゴローラモは涙目《なみだめ》になって、すっと姿を消した。

「どうされましたか？　青貴婦人様」

「あ、いえ。少し緊張《きんちょう》してめまいが」

「どうぞお進みください」

もう一度急《せ》かされて、フォルテは仕方なく一人で貴妃の元に歩いていった。

ゴローラモを使っての隠し通路探しは諦《あきら》めるしかなさそうだ。

祭壇の下まで辿《たど》り着《つ》くと、つき添《そ》ってきた侍女に促《うなが》されるままに膝をつき額を床につけて拝礼した。

トレアナ貴妃のドレスの裾《すそ》がフォルテの額のそばまで長く垂れている。

決して華美《かび》ではないが、質のいい布をふんだんに使った緑のドレスに、緑の長いヴェールで頭を覆《おお》っている。

貴妃の周りだけ空気の密度が違うようなぴりぴりとした感覚があった。

そして大きな矛盾《むじゅん》に気づいた。

（神妃とも呼ばれるこの方に占いなど意味があるの？　私に尋《たず》ねなくともすべてを見通しているかのような、この威厳《いげん》に満ちた方に……。まさかこの方は……）

フォルテはひやりと嫌《いや》な予感がした。

「みな、下がりなさい」

静かな部屋によく通る貴妃の声が響《ひび》き、一斉《いっせい》に女達が立ち上がった。

フォルテを連れてきた侍女も立ち上がり、足音も立てずに全員が出ていくのを感じた。

まるで神の命令であるかのように、誰一人《だれひとり》異を唱えず従っていく。

その恐《おそ》ろしいほどの権力を目の当《まあ》たりにした。

「お顔を上げなさい、青貴婦人殿《どの》」

全員が出たのを見計らって貴妃が告げた。

そっと見上げた先にあったトレアナ貴妃は、歳を重ね多少のシワを刻みながらも、美しい人だと思った。ただ、癒《いや》しの要素はまったくない。実直で厳格。自分にも他人にも厳しい人のように思えた。

「では、さっそく占ってもらいましょうか」

トレアナ貴妃はフォルテを見下ろしながら言った。

「な、何を占えばよろしいのでしょうか？」

フォルテは震《ふる》える声で尋ね、色石の入った袋《ふくろ》を取り出した。

トレアナ貴妃は深呼吸して、静かに告げた。

「デルモントーレ国の未来について」

「もうダメだわ、ゴローラモ。結局三人占っても何も分からなかった」

フォルテは侍女服に着替《きが》えてどっとソファに倒《たお》れ込んだ。

絶体絶命。占いで見る限り、側妃殺しの犯人らしき貴妃など誰もいない。

隠し通路も見つけられなかった。

午前中に占ったトレアナ貴妃は、三人の中でも特にシロに近い。

敬虔《けいけん》な神妻。それ以外に表現しようもないほど、正しく清らかな女性だった。

王の身を案じ、王国の未来を憂《うれ》い、民《たみ》の幸せを願うとても真面目な女性だ。

魔《ま》が差したとしても、人殺しをするような人ではない。占盤《せんばん》に散らばった色石がそれをはっきりと証言していた。神を宿すと言われる浄化《じょうか》の石、水晶《すいしょう》が円盤の真ん中に鎮座し、それに従うように他の色石はあるべき場所におさまっていた。

「私が王の妻として後宮にとどまることが、国の未来を閉ざしているなら、自ら立ち去ろうと思っています。青貴婦人殿はどう思われますか？」

そう聞いてきたのだ。

こんな質問をする人が、妃殺しなどするはずがない。

フォルテはむしろこんな人に正妃になってほしかった。この貴妃様が国王を、後宮を支えてくれたなら、民は心安らかに過ごせることだろう。

《斎妃の宮の貴妃様は純潔の妃とも呼ばれています。神に嫁《とつ》ぎ、生涯《しょうがい》を神に捧げておられるのです。後宮内の地位は一番高いのですが、王子を生んで正妃となることは決してありません。斎妃様が身ごもられることがあれば国が乱れると言われております》

「そうなのね。そんな貴妃様が占い師《し》を呼んでまで国を憂いてらっしゃるということは、何かよくない兆《きざ》しでもあるのかしら？」

ただ最後にトレアナ貴妃は気になることを言った。

「神妻の私が占いなどにすがることを不思議に思っていることでしょう。私にも不思議なのですが、啓示《けいじ》を受けたのです」

「啓示？」

「市井《しせい》を乱す流言を吐《は》く者を常に監視《かんし》するのが我がワグナー家の役目。最近評判のあなたのことも話題に上りました。人心を惑《まど》わす虚言《きょげん》を吐くなら密《ひそ》かに粛清《しゅくせい》するのもまた我らの代々続く役割なのです」

「し、粛清……」

じゃあもしクーデターの相談に賛同していたら私は……。

何も知らず占い師をしていた自分が恐ろしくなった。

「貴妃となった私は王宮内の清浄《せいじょう》だけを保つのが役割ですが、なぜか青貴婦人殿はこの場に呼ばねばならないと感じたのです」

「私を？」

「あなたには、ここで為すべき役割があるのかもしれませんね」

そんな不思議な話をされたのだ。

「結局どの貴妃様も現状を守りたいという気持ちは強いものの、他の妃を排除《はいじょ》しようと思うほどの敵意みたいなものは感じなかったわ。国王陛下を愛しているわけでも愛されたいわけでもなかったのよ。王子を生んで正妃の座を狙《ねら》っていたのは、むしろ側妃様達の方だったかもしれないわ」

「……」

「三貴妃様の中に本当に黒幕なんているのかしら？　もしかして貴妃様の知らない所で隠し通路を使って後宮に入り込む別の黒幕がいるんじゃないかしら？　ねえ、どう思う？　ゴローラモ」

ゴローラモはさっきから地べたに座り込んで目を閉じている。

「ちょっと、ゴローラモ。聞いてるの？」

「瞑想《めいそう》中ですので静かにしてください」

そう言うゴローラモは、ブレス女官長の姿で座禅《ざぜん》を組んでいるようだが、短くて太い足は荒《あら》ぶる肉の波に押されて中途半端《ちゅうとはんぱ》に体を支えているだけだ。

「何を瞑想しているのよ。そんな場合じゃないのよ。あとは隠し通路を見つけるぐらいしか黒幕を捜す手立てはないのよ。どこか怪しい場所はなかった？　ねえ、ゴローラモ」

「後宮内をうろうろするなと言われてから出歩いておりませんので」

その上、アルトに見つからないように、絶賛引きこもり中だ。

「じゃあ、やっぱり私が怪しい場所に忍《しの》び込んでみるわ」

「おやめください！　殺されますよ」

「でも黒幕を突き止められなければ牢屋《ろうや》に入れられるのよ。もう時間もないし、仕方ないじゃない」

しかし焦《あせ》るフォルテと対照的に、珍しくゴローラモは落ち着いていた。

「大丈夫《だいじょうぶ》です。フォルテ様はきっと無事家に帰してもらえるはずです」

「なんでそんなことが分かるのよ」

「……」

「そ、そ、それは……」

「なんか朝から怪しいわね。何か隠しているでしょ」

「か、か、隠し事なんて……わ、私に限って……」

「あ！　アルト様!!」

「ひいいい!!　な、な、なんのことですかああ!!」

ゴローラモは動揺《どうよう》のあまり、ごろんと座禅を組んだまま転がった。

「ほら、お庭にいらっしゃるのが見えるでしょ？　あれが黒の騎士、アルト様よ」

ゴローラモは動揺のままブレス女官長の巨体《きょたい》を柱に隠して庭に立つアルトを覗《のぞ》き見た。

「何か分かったのかもしれないわ！　ちょっと行ってくるわね」

フォルテはゴローラモの心配も知らずに駆《か》けていく。

「フォルテ様。彼には気をつけろってあれほど言ったのに……」

ゴローラモは柱の陰《かげ》に隠れたまま呟いた。


「アルト様！」

嬉《うれ》しそうに駆けてくるフォルテを、アルトは目を細めて見つめた。

「フォルテ」

「何か分かったのですか？」

「ああ、いや。それはまだ。ところで青貴婦人殿は？」

昨日クレシェンから報告を受けたアルトは、本当に占い師がヴィンチ家のテレサ夫人なのか探《さぐ》りにきた。ついでにゴローラモにも確認《かくにん》してみようと思っていたのだが。

「あ、えっと、その……湯殿《ゆどの》でございます。湯に浸《つ》かってくると」

「昼から湯に入っているのですか？　ずいぶん湯浴みがお好きなようだ」

「え、ええ。三人の貴妃様を占っても何も分からなかったようで、気持ちを切《き》り替《か》えて考え直したいのだと思いますわ」

フォルテは慌てて誤魔化《ごまか》した。

「何も分からなかったとおっしゃっていましたか……」

「ええ。トレアナ貴妃様は神妻に相応《ふさわ》しい高潔な方だったそうですわ」

アルトは少し考え込むような顔をしてフォルテに尋ねた。

「ところで、あなたから見て青貴婦人殿はどのような方ですか？」

「どのような方とは？」

「いえ。何か隠しているような素振《そぶ》りなどはありませんでしたか？」

「何か隠す？」

フォルテはぎくりとした。

「ど、どうしてそんなことを？」

「いえ。あなたに危害を及《およ》ぼすようなことはないかと、少し心配になって」

「私に？　い、いいえ。青貴婦人様はとても親切にしてくれてます」

　本人なのだから危害など及ぼすはずもない。

「ともかく、あなたはやはり違う部署に異動した方がいい。黒い噂のある後宮にあなたのような若いご令嬢《れいじょう》がいるのは危険です。私がクレシェン殿に頼《たの》んでおきましょう」

「異動⁉　い、いきなりどうしたのですか？」

　侍女に扮《ふん》していられるのもこの三日限りのフォルテは、異動になったら大変だと慌てた。

「私は異動するつもりはありません。青貴婦人様のおそばにいたいです」

「いや、悪いことは言わない。もっと安全な部署に異動してください！　青貴婦人殿はいずれにせよ占いを終えたのでここからいなくなるのです。あなたはもう黒幕捜《さが》しから は手を引いた方がいい」

「どういうことですか？　青貴婦人様の処分が決まったのですか？」

「それは……」

「青貴婦人様を助けてくださるのではなかったの？」

「事情が変わったのです」

「事情……？」

「ともかくあなただけでも安全な部署に異動してください。お願いです」

アルトはフォルテの両腕《りょううで》を摑《つか》んで懇願するように頼んだ。

「アルト様？」

驚《おどろ》くフォルテを見て我に返ったのか、アルトは慌てて手を放した。

「し、失礼しました。あなたが心配だったのでつい……」

アルトが照れたように俯《うつむ》いた。こそばゆいような沈黙《ちんもく》が流れる。

そしてフォルテは聞いてみたくなった。

「……どうして、そこまで心配してくださるのですか？」

「それは……あなたのことが……なぜか気になるのです」

フォルテの胸がとくんと高鳴る。ありえない期待に心が騒《さわ》ぐ。

でもすぐに虚《むな》しい現実に引き戻された。

（バカね。何を期待しているのよ。アルト様には忘れられない方がいるし、そもそも『侍女フォルテ』なんて実在しない人間なのに。私は青貴婦人の役目が終われば王宮からいなくなる。……つまりもう二度とこの姿でアルト様に会うことはないのよ）

フォルテは、いつの間にか溢《あふ》れそうになっていた気持ちにしっかり蓋《ふた》をして告げた。

「……あの、いつも心配してくださってありがとうございます。でも、私は青貴婦人様の臨時の侍女として雇《やと》われましたので、部署替えは必要ありません。最後まで仕事をやり通したいので、どうかこのままでお願いします」

「フォルテ……」

アルトは部署替えの話をフォルテが快く受けてくれるだろうと思っていた。臨時の侍女では期間を終えたら辞《や》めることになる。だが部署が変われば失職せずに済む。

これはフォルテにとって願ってもない、いい話だろうと思っていたのに。

(もしかして青貴婦人と一緒《いっしょ》に辞めるつもりなのか)

フォルテとの時間があまり残されていないことに気づいて、アルトは焦りを感じた。

引き留める方法を考え巡《めぐ》らすアルトは、ふと部屋の柱からはみ出す巨体を見つけた。

「ブレス女官長?」

ゴローラモはぎくりと肩《かた》を震わせたが、アルトもまた(まずい)と思った。

目ざといブレス女官長には、一度変装姿を見つかってしまったことがある。それ以来必要な時はダルと一緒に手引きしてもらったり助けてもらったりしていたが、青貴婦人の元に出入りしていることは話していなかった。

「そういえば青貴婦人殿の世話を任されていたのだったな。ここで何を?」

話しかけながら、アルトは自分の正体を言わないでくれとアイコンタクトを送るものの、ブレス女官長はひどく動揺して気づいてないようだった。

「わ、私はその……えっと……そう。姪《めい》っ子のフォルテとつい世間話に夢中になって話し込んでしまっていましたの。サボっているわけじゃございませんの」

「そういえばフォルテはブレス女官長の紹介《しょうかい》だったな。姪っ子だったのか」

今度はフォルテがぎくりとした。

「え、ええ。そうなのです。おばさまにお仕事を紹介していただいて助かりましたわ」

「それにしてもブレスが話し込むほど心を許すなんて珍しいな」

アルトの聞いた限りでは若い侍女や女官を目の敵にしていて、何人もいびって辞めさせたとクレシェンが嘆《なげ》いていたはずだったが。

「あらやだ。このフォルテのことは幼い頃《ころ》から可愛《かわい》がっていましたのよ、騎士様」

「騎士様?」

ブレスが自分をそんなふうに呼んだことなど一度もない。

アルトは何かが変だと気づいた。

「そういえば物忘れの実? それを食べたのどうのと騒いでいたらしいな」

今度はフォルテが青ざめた。その話はまだゴローラモにしていなかった。

「物忘れの実? なんのことでございましょう。嫌ですわ、騎士様ったら……ほほほ」

「……」

アルトは、少し考え込んでから尋ねた。

「ところでブレス女官長。王太子殿下《でんか》は最近太り過ぎではないか?」

「まあ! 私も思っておりましたの。騎士様からも注意してくださいましな」

予想通りの返答に、アルトはにやりと微笑《ほほえ》んだ。

「なるほど。そういうことか」

「え？」

「いや。ちょっと今から付き合ってくれブレス」

「え？　な、な、何用でございますか？　私これから瞑想の続きを……」

「瞑想は後にしてくれ。急用だ」

アルトは笑いを噛《か》み殺《ころ》しながら、フォルテに聞こえないように耳打ちした。

「そなたも大変だな。その体は重いだろう」

「ええ、ええ。重いのなんのって、この贅肉《ぜいにく》だらけの体は……え？」

呆然《ぼうぜん》とするブレス女官長に、アルトはとどめをさす。

「ゴローラモだな？」

「な！」

「憑依《ひょうい》もできるのか。なかなか使《つか》い途《みち》のある男だ」

ゴローラモ女官長は、蒼白《そうはく》な顔で立ち尽くした。

第八章　ゴローラモ、アルトの正体を知る

「では何か。三日かけて占《うらな》ってなんの成果も得られなかったと？　そう申すか！」

尋問室《じんもんしつ》ではクレシェンの厳しい詰問《きつもん》に、青貴婦人姿のフォルテが震《ふる》え上《あ》がっていた。

アルトが去った後、急にクレシェンに呼び出され尋問室に連れてこられた。

頼《たよ》りのゴローラモはブレス女官長姿で出ていったまま戻《もど》ってこない。アルトの話では青貴婦人になんらかの処分が決まったようだった。それはあまりよい処分ではないようにフォルテは感じていた。ゴローラモが戻ったら脱出《だっしゅつ》計画を立てようと思っていたのに、何もできないまま、この状況《じょうきょう》になってしまった。

「も、申し訳ございません。で、ですが、どの貴妃《きひ》様も妃殺《きさき》しをするような方には見えませんでした。別の可能性を考えてみては……」

「別の可能性だと？　あの三人以外に誰《だれ》が妃や王子を殺すというのだ」

「そ、それは……あるいは、貴妃様の知らぬところでご実家が暗殺者を送り込むということも考えられます。その場合、貴妃様を占っても何も出てきません」

「だが後宮の出入りは厳重に取《と》り締《し》まっていた。普段《ふだん》は滅多《めった》に人が出入りすることもない。

暗殺者が入り込むことなど不可能だ」

「でも……」

隠《かく》し通路を使えば容易にできる。だがもちろん証拠《しょうこ》もないのに言うわけにはいかない。

「では約束通りこのまま牢屋《ろうや》に入ってもらおうか」

「ひいいい。どうかそれだけは……」

青ざめるフォルテに、クレシェンは意外な言葉を告げた。

「と言いたいところだが、私はこう見えて慈悲深《じひぶか》い男だ」

「クレシェン様……」

珍《めずら》しくクレシェンの言葉が柔《やわ》らかい。

「青貴婦人殿《どの》は病身の子どもを抱《かか》えているのだろう。私も鬼《おに》ではない。とりあえず一旦《いったん》家に帰してやろう」

「ほ、本当ですか？」

突然《とつぜん》の豹変《ひょうへん》に驚《おどろ》いた。てっきり牢屋行きの処分が決まっているのだと思っていたのに、意外にもあっさり引き下がってくれた。珍しくゴローラモの言った通りだった。

「ここに十万リルある。今回の報酬《ほうしゅう》に持っていくがいい。それからその青い衣装《いしょう》もそなたにやろう。着て帰るがいい」。

フォルテは驚いてクレシェンを見上げた。

「い、いいのですか?」

「気苦労をかけた迷惑料《めいわく》だ。殿下《でんか》の心遣《こころづか》いだ」

「王太子殿下の……」

ゴローラモいわく見た目は凶悪《きょうあく》顔でも案外優《やさ》しい人なのかもしれない。

「馬車で占いの館まで送らせよう。気をつけて帰ってくれ」

思いがけず、簡単に帰してもらえた。

かえって腑《ふ》に落ちない気もするが、帰してくれるというなら帰るしかない。

ただ、馬車に乗り込む状況になっても、霊騎士《れいきし》が一向に姿を現さないのが心配だった。

(ゴローラモったら何やってるのかしら? もしかして生身の体に入れた未練で、まだブレス女官長の中に入ってるの?)

きょろきょろと辺りを見回す。

(ゴローラモったら、帰るわよ! 早く出てきて!)

何を言っても現れない。

(それにアルト様にも最後にお別れぐらい言いたかったけど……)

あまりに急な展開で、フォルテにはどうすることもできない。

馬車が動き出す寸前まで周辺を見渡《みわた》したが、ついにゴローラモもアルトも見つけ出すことはできなかった。

「これでよいのですね？」

王宮から離《はな》れていく馬車を、庭園を見渡せる一室から見送りながら、クレシェンはアルトに確認《かくにん》した。

「ああ。まずは彼女が本当にヴィンチ公爵《こうしゃく》家に帰るのか見届けよう」

「ヴィンチ公爵の亡《な》くなったはずの妻、テレサ。彼女が本当はまだ生きているのだとしたら何を企《たくら》んでいるのか。隠密《おんみつ》を総動員して調べることに致《いた》します」

「ああ、そちらはお前に任せた。すぐに手配してくれ」

「畏《かしこ》まりました」

クレシェンは拝礼すると、足早に部屋を出ていった。そして……。

アルトは黒いマントを羽織り黒髪《くろかみ》のかつらを被《かぶ》ると、控《ひか》えの間に向かって声をかける。

「ゴローラモ！　もう出てきていいぞ！」

すると、今まで隠れていた霊騎士がすっと姿を現した。

ひどく沈《しず》んだ表情だ。

「そんな顔をするな。ほんの少しの間だけだ。用が済めばすぐに帰してやる」

《私《わたくし》は霊騎士になって以来、フォ……テ、テレサ様のおそばを離れたことなどほとんどなかったのに……。私がいない間にテレサ様の身に何かあったら……》
「大丈夫《だいじょうぶ》だ。彼女のそばには私の隠密が張りついている。余程《よほど》のことでもない限り命の危険はないはずだ」
《な！　何ゆえテレサ様のそばに隠密を？　素性《すじょう》は探《さぐ》らぬという約束だったではないですか！》
ゴローラモは非難を込《こ》めて叫《さけ》んだ。
《そちらが約束を守らないのであれば、私も反古《ほご》にさせていただきます。今すぐテレサ様の元に……》
「まあ待て。事情が変わったのだ。正直に話す。悪いようにはしないから知っていることを教えてほしい」
《勝手なことばかり言わないでください！　私は何も言いませんよ！　主君の秘密は死んでもしゃべりません！》
「もう死んでいるだろう」
《そ、そんなことはどうでもいいのです！　とにかく何もしゃべりません!!》
「だがしゃべらずとも分かってしまったのだ。彼女がヴィンチ公爵の家の者だと」
《な！》

ゴローラモは蒼白《そうはく》な顔でアルトを睨《にら》んだ。

「テレサとは亡き公爵の夫人の名前であった。そしてゴローラモ、私はそなたの名前にも聞き覚えがあるのだ」

《わ、私の名前に？》

「当時七歳だった私は、若くして将軍になり父の近衛騎士《このえきし》に最年少で任命された凄腕《すごうで》の剣士《けんし》に憧《あこが》れていた。その剣さばきの見事さ、馬に乗って颯爽《さっそう》と駆《か》ける姿。その騎士が私の側近になると聞いて喜んだものだ。その騎士の名がゴローラモだった」

《……》

ゴローラモは呆然《ぼうぜん》とアルトの顔を見つめた。

「だがその憧れの騎士は、私の側近騎士の役職を断り突如《とつじょ》消えてしまった」

《ちょっとお待ちを……》

二十年近く前の自分を知っていることも確かに驚きだ。だが……。

それ以上にさっきからとんでもないことを言ってはいまいか？

父？　父の近衛騎士と言わなかったか？　それに……。

ゴローラモが側近騎士を命じられた相手とは、ただ一人しかいない。

モレンド邸《てい》でお見かけしたデルモントーレ国の王太子……。

……ということはこの目の前の青年は……。まさか……。

ゴローラモは唖然《あぜん》としたまま、アルトを見つめた。

アルトは全身を覆《おお》っていた黒マントに手をかけ、ばさりと脱《ぬ》ぎ捨《す》てた。

そこには金糸の縁取《ふちど》りをした白の上衣に最高級の革《かわ》で作られた白い長靴《ちょうか》。両肩《りょうかた》には金の房《ふさ》が垂れ金のタスキが斜《なな》めにかけられている。そして最後に黒髪のかつらを外すと金色に輝《かがや》く見事な長髪《ちょうはつ》が現れた。

そうしてアルトは優雅《ゆうが》に微笑《ほほえ》んだ。


「私がデルモントーレ国王太子、アルトだ」

《ま、まさか……。あなた様が……し、しかし殿下は……》

ゴローラモは信じられない思いでアルトを見つめる。

だが黒髪に惑《まど》わされてしまったが、金髪《きんぱつ》姿の美しい青年は七歳当時の面影《おもかげ》を残している。

こうして見ると、なぜ気づかなかったのかというほどあの時の少年そのままだった。

「そなたがなぜか王太子と思い込んでいたのは、側近のダルだ」

《な、なんと……。ではストレスで激太りになったのでは……》

「私はストレスがあると食べられなくなる方だな」

アルトがおかしそうに笑うと、ゴローラモは床《ゆか》にひれ伏《ふ》した。

《私はとんでもない勘違《かんちが》いをしておりました。申し訳ございません。あのような凶悪ずんぐりむっくりを殿下と勘違いするなど、この上は死んでお詫《わ》びを……》
「もう死んでいるだろう。ダルはあんな恐《おそ》ろしい顔をしているが、心根は優しいやつなんだ。別に怒《おこ》ってはいない。だが詫びたいなら働きで返してくれると嬉《うれ》しい」
《私ごときで殿下のお力になれるなら、なんなりと》
ゴローラモはひれ伏したまま丁重《ていちょう》に請《う》け負《お》った。

「お姉様、戻られてからずいぶん沈んでおられるみたいだけど、何かありましたか？」

妹のビビアンは三日の不在にずいぶん心を痛めたようだが、今は安堵《あんど》の表情を浮《う》かべてフォルテを気遣《きづか》った。

「ゴローラモがいないの……」

「ゴローラモが？　それはこの三日の不在と関係あるのですか？」

王宮に攫《さら》われていたことはビビアンには内緒《ないしょ》にしていた。これ以上心労をかけたくないので、占い師《し》の仕事が忙《いそが》しかったとだけ伝えている。それを証明するように十万リルもの大金を持って帰ってきた。しかし、その多過ぎる大金にビビアンは逆に不安を滲《にじ》ませた。

「お姉様、何か危険な仕事をなさっているのではないでしょうね？　私のためと思うなら、どうか危ないことはしないでください。私はお姉様と静かに暮らせるだけで充分《じゅうぶん》なのです」

「大丈夫よ、心配しないで。とにかくこのお金があれば、偉《えら》いお医者様に来てもらえるわ。さっそくピットに頼《たの》んでお医者様の手配をするから待ってて」

フォルテはこれ以上追及されないように、早々に部屋を出た。

そして言葉通り、ピットにお医者様の手配を頼もうと厨房《ちゅうぼう》に向かった。


ピットはフォルテが厨房に入ると途端《とたん》に破顔した。

「フォルテ様、ゆうべはよく休まれましたか？」

ピットもこの三日間、生きた心地《ここち》がしなかった。

あの日、森で食材を集めて戻るとフォルテは消えていて、代わりに占いの予約を取っていたお客の令嬢《れいじょう》が困った様子で待っていた。ピットがお詫びを言って帰し、周辺を捜《さが》し回ったがフォルテを見つけることはできなかった。

もしや屋敷《やしき》に帰っているのではと戻ってもフォルテの姿はなく、ナタリー夫人には病気で寝《ね》込んでいると誤魔化《ごまか》しつつ、胸の潰《つぶ》れる思いであちこち捜していた。

そして昨日、もう一度占い小屋に行ってみると、フォルテが以前より高価そうな青貴婦人の衣装を着て待っていたのだ。

「ええ。よく眠《ねむ》れたわ。王宮でも睡眠《すいみん》と食事は充分とれていたの。クレシェン様以外はそんなに悪い人もいなかったわ。アルト様はとても親切な方だったし」

「アルト様？」

「ええ。後宮で知り合った黒髪の騎士様なの」

フォルテの想《おも》い耽《ふけ》る様子に、ピットは心が騒《さわ》いだ。

「まさか……その騎士はフォルテ様のことを……」

探るように尋《たず》ねるピットに、フォルテは苦笑《くしょう》した。

「嫌《いや》だわ、ピットったら。そんなんじゃないのよ。アルト様は後宮で大事な方をなくされたようなの。だから密《ひそ》かに後宮を探ってらしたの。きっととても大事な方だったのね」

そのことを考えるとフォルテの胸がちくりと痛みを増していく。

「だから親身になって協力してくださったのだと思うわ。それだけよ」

今もたぶん想いが叶《かな》わなかった姫君《ひめぎみ》のために、一人後宮を探っているのだろう。

その切ない姿を思い浮かべると、心がしめつけられるような気がした。

「フォルテ様はもしかしてその騎士様のことを……」

沈んだ様子のフォルテにピットは思わず尋ねた。

「うふふ。やっぱり夢だったのかもしれないわ。誰も味方がいなくて不安な気持ちが麗《うるわ》しい騎士様を作り上げたのかも。どちらにせよ、もう会うこともないわ」

フォルテは淋《さみ》しげに呟《つぶや》いた。

「さあ。無事に戻って来られたんだし現実に戻って働かなくちゃ。お義母様《かあさま》に怒られるわ」

「三日間フォルテ様は謎《なぞ》の高熱で休んでいるということにしています。うつる病かもしれないので近づかないようにと言っておきました」

「ありがとう。助かったわ。えっと、じゃあ何を手伝えばいいかしら？」

「今日は焼き菓子《がし》でも食べながらゆっくりお休みください」

「大丈夫よ、手伝うわ。あ、でもその前にビビアンにお医者様の手配をしたいの」

「分かりました。すぐに手配してまいりましょう」

「じゃあ、その間に私はこの野菜を洗っておくわね」

フォルテは野菜の籠《かご》を持って井戸に向かうと、水を汲《く》んで一つ一つ丁寧《ていねい》に洗い始めた。

井戸の向こうにはヴィンチ家の庭園が広がっている。

蔦《つた》の茂《しげ》った柵《さく》に隔《へだ》たれてはいるが、遠くに季節の花と遊歩道が見えていた。

「それにしてもゴローラモはどこに行ったのかしら……」

ここで野菜を洗っていると、いつも横で剣の素振《すぶ》りをしながら見守っていてくれた。

「まさかもう二度と会えないんじゃないわよね」

嫌な予感ばかりがつのる。ゴローラモが消えた理由で一番考えられるのは……。

(ダリア貴妃様。まさかあの方の闇《やみ》に取り込まれてしまったの?)

もう一つ考えられるのは……。

(トレアナ貴妃様。あの方の教会にうっかり入って成仏《じょうぶつ》してしまったの?)

「だから霊のまま後宮をうろつかないでって言ったのに。ゴローラモのバカ……」

フォルテは涙《なみだ》を拭って、野菜を洗う。

「あら? フォルテではなくて?」

スカートを濡《ぬ》らしながら野菜を洗うフォルテに、庭園の方から声がかかった。

「マルベラ……」

「こんなところで何をしているの?」

わざわざ柵を開けてこちらにやってくる。しかもその後ろには元婚約者《こんやく》のペルソナまでいた。どうやら二人で遊歩道を散歩していたらしい。

「ごきげんよう、マルベラ」

フォルテは野菜を置いて、スカートをつまんで令嬢の挨拶《あいさつ》をした。

「挨拶などどうでもいいわ。それより何をしているのか聞いているの」

なぜか非難が混じっている。

「何って……井戸の水で野菜を洗って……」

「あなた、確かピットの話では病気にかかって部屋で寝込んでいたのよね。うつるととても怖《こわ》い病だと聞いたわ」

そうだった。部屋に来ないようにわざと大袈裟《おおげさ》に言ってくれてたんだった。

「そんな恐ろしい病のくせに井戸の水に触《ふ》れるなんて！　信じられない！　屋敷中の人間にうつすつもり？」

「あ、いえ、それは……」

迂闊《うかつ》だった。この状況はそんなふうにもとれるのだ。

「すぐにこの井戸を閉鎖《へいさ》して！　ああ！　お母様に伝えなければ！　なんて恐ろしい人！　わざとうつそうとしたのね！」

「いえ、そんなつもりは……」

「きゃあっ!!　こっちに来ないで！　ああ気分が悪くなってきたわ」

「大丈夫かい？　マルベラ」

ふらりと倒《たお》れ込むマルベラをペルソナが慌《あわ》てて支える。

「ああ……ペルソナ様、ひどく胸が苦しくなってきました。もしかしてこの一瞬《いっしゅん》でうつされたかもしれませんわ」

なんて大袈裟な……と思った。

フォルテの場所からマルベラまでは結構距離《きょり》がある。しかも本当はそんな病になど罹《かか》っていない。

しかし、ペルソナはキッとフォルテを睨みつけた。

「フォルテ！　あまりに不注意じゃないか！　マルベラにもしものことがあったらどうしてくれるんだ！」

まるで仇《かたき》を見るようなペルソナの視線に驚いた。

まさかマルベラのこんな小芝居《しばい》を信じ込むほど周りが見えない人だったなんて。

家族ぐるみで育った親近感さえ冷ややかな気持ちに変わっていくのをフォルテは感じた。

「申し訳ございません……」

冷めた声で謝るフォルテに「君がこんな恐ろしい人だったとはね」と捨てゼリフを残してペルソナはマルベラを連れていってしまった。

「はっ！　ふんっ！　やっ！　とあっ！」

掛け声に合わせて、剣の重なり合うカン！　カン！　という音が響《ひび》く。

カアンッッ!!

かなり拮抗《きっこう》した手合わせは、やがて一方の剣がもう一方を弾《はじ》いて決着がついた。

「く、くそっ！　やはり強いな」

剣を飛ばされ悔《くや》しそうにするのは、王太子アルトだった。

そして見事に勝ったのは……。

よくその贅肉《ぜいにく》で俊敏《しゅんびん》な動きができたものだと、二度見必至のダル。いや、正確には中身ゴローラモのダルだった。

勝ったはいいが鍛錬《たんれん》を積んでいない巨体《きょたい》は、どうっと床に座り込んだ。

「い、息が切れます。なんと怠《なま》けた体だ。毎日腕立てと腹筋とスクワットを五百回はやらないと本来の力を発揮できません」

「いや、その体でそれだけ動ければ大したものだ。私もまさか憧れの騎士と手合わせできる日が来るとは思いもしなかった」

「私も再び剣を振《ふ》るう日が来るとは思いませんでしたよ」

「誰にでも憑依《ひょうい》できるのかと思ったら、太った人間しか無理とはな。ダルがいてくれてよかった」

「この体は、鍛錬すればよい筋肉を持っています。腕力《わんりょく》も非常に強い。ブレス女官長より全然いいです」

アルトが王太子と知ったゴローラモは、完全に忠実な臣下となっていた。

過去の騎士としての誓《ちか》いもあるが、やはり側近騎士を断った負い目があった。

「それでテレサ夫人は本当にベルニーニ派に加担してないのだな？」

「はい。それだけははっきり申し上げられます」

完全服従ではあるが、もう一人の主君、フォルテのことはまだ正直に言っていなかった。

「ナタリー夫人と言ったか？　その者がヴィンチ家の家督《かとく》をあっさり奪《うば》ったと？　父王は数年前からご病気で、そんなことはありえないと完全に否定はできないが」

五年も前のこととなると、アルトには父王がどういう状態だったのか分からない。その頃《ころ》から病気で公務に支障をきたしていた可能性もゼロではない。

「それにしても議会の承認《しょうにん》が必要なはずだ。やはりどう考えてもおかしい」

「フォ……テレサ様はナタリー夫人に国王陛下のサインと王印入りの家督証明書を見せられています。だから泣く泣く屋敷の隅《すみ》に追いやられ、病身のいも……お嬢様の治療費《ちりょうひ》を稼《かせ》いでいるのです」

「偽造《ぎぞう》文書か……。すぐにバレそうなものだが、ベルニーニ達が背後から援助《えんじょ》していたなら、案外分からぬものかもしれぬ。おそらく途中《とちゅう》の審査《しんさ》を行う役人達も買収されているのだろう」

「そういうことだったのか……。あの嘘《うそ》つき女め……」

「テレサ殿には辛《つら》い思いをさせて申し訳なかった。もう心配しなくていい。必ず元通りにしてやる。いや、むしろベルニーニを叩《たた》く大きな礎《いしずえ》ができた。感謝するぞ、ゴローラモ」

「いいえ。私の方こそ感謝致します。このゴローラモ、殿下への懺悔《ざんげ》も込めて全力でベルニーニ一派の壊滅《かいめつ》に協力致します」

「頼りになるな。だが一つ注意しておくが、そのダルの顔は気合を入れると非常に凶悪な顔になる。今も少々恐ろし過ぎる人相になっておる。気をつけてくれ」

「は！　これは失礼致しました」

ゴローラモは慌てて、眉間《みけん》のシワを伸《の》ばした。

「ところで話は変わるが、そなた臨時侍女《じじょ》のフォルテが何者か知らぬか？」

突如ふられた話題にゴローラモは、ぎょっと凶悪な人相に戻った。

「フォ……フォルテ殿ですか……」

「ブレス女官長に憑依していたなら何度も会っているだろう？　何か聞いていないか？」

「な、なぜフォルテ殿のことを？」

「彼女を素性の分からぬ青貴婦人から引き離すためにクレシェンの尋問を急がせたというのに、突然消えてしまった。跡形《あとかた》もなく最初からいなかったようになんの痕跡《こんせき》も残さず……」

アルトは暇《ひま》さえあれば黒髪の騎士に変装してフォルテを捜していた。

「ブレスはそなたに憑依されていたせいか、物忘れの実を食べて忘れてしまっただのわけの分からぬことを言っているし、どこの誰か素性が分からぬのだ」

「誰か分かったらどうするつもりなのですか？」

ゴローラモはダルの顔を凶悪に歪《ゆが》めた。

「そんな怖い顔をしないでくれ。別に取って食おうと思っているわけではない。もしかして隠し通路を一人で探そうとして危険な目に遭《あ》っているのではないかと思うと心配でたまらないんだ。もしもフォルテの身に何かあったのだとしたら……」

「それはないと思います」

不安で頭を抱えるアルトに、ゴローラモはきっぱりと言った。

青貴婦人がヴィンチ家に帰ったのなら、フォルテは無事なはずだ。

「なぜそんなことが分かるんだ？」

アルトは怪《あや》しむような顔でゴローラモに尋ねた。

「そ、それはその……」

ゴローラモがしまったと青ざめたと同時に、部屋の外から声がかかった。

「殿下、クレシェン様がお見えでございます」

クレシェンは部屋に入るなり、アルトの前で片膝《かたひざ》を立てて巨体を器用に保つダルの様子に怪訝《けげん》な表情をした。いつもは支えきれずに両足でちょこんと座っている。それに気のせいか表情にいつもの油断がない。

「ダル、変な物でも食べたか？」

いきなりクレシェンに声をかけられ、ゴローラモは慌てた。

「い、いえ別にいつも通りでございます」

「？　なんだか他人行儀《たにんぎょうぎ》な言い方だな」

「ダルは今日から心を入《い》れ替《か》えて、鍛錬に励《はげ》むことにしたらしい。その気合の表れだろう」

アルトがすかさず援護《えんご》してくれた。

「ところでヴィンチ公爵家に入り込んでいる者とベルニーニの関係は分かったか？」

「いえ、まだそちらは調べている最中でして……、それよりももっと重大な事実が判明致しました」

「重大な事実？」

「青貴婦人を追跡《ついせき》しておりました隠密が、報告を持ってまいりました」

クレシェンの言葉にゴローラモは青ざめた。

「ヴィンチ公爵家のテレサ夫人は五年前に亡くなったと届けられており、実際に周辺の聞き込みを行ったところ、それは確かな事実のようでございます。葬儀《そうぎ》も行われ公爵がそのショックで引きこもるようになったことは、みな口を揃《そろ》えて申しているようでございます」

「では青貴婦人はテレサ夫人ではないと？」

アルトは、凶悪な顔で宙の一点を見つめるダルを見やった。

「はい。その可能性はございません。なぜなら……ヴィンチ家でこっそり馬車を降りたのは、年配の婦人ではなく年若い少女だったからです」

「年若い少女？」

アルトはもう一度ダルを見た。

しかしその顔はすっかり蒼白になって目を合わさないよう一点を見つめたままだった。

「隠密の一人がその顔に見覚えがございました」

「なんだと？　知っている人物なのか？」

「はい。青貴婦人の見張りについていた隠密が何度も見ていると。そしてもう一つ分かったことがございます」

「もう一つ分かったこと？」

「ヴィンチ公爵が亡くなり、その家督は記録では公爵の娘《むすめ》二人に渡りました。妹は病弱で外出することもできずに療養《りょうよう》中とのことです。そして姉は、今年十七歳になったキャラメル色の髪をしたブルーの瞳《ひとみ》の美しい少女だそうです」

「キャラメル色の髪にブルーの瞳……」

アルトははっとしてクレシェンを見つめた。

「まさか……」

「名を……フォルテと申すそうでございます」

ダルはこの世のものとも思えぬ形相で宙を見つめ続けた。


「ありがとうございました。来週またお願い致します」

街一番の名医と噂《うわさ》されるお医者様を見送って、フォルテはビビアンのそばに戻った。

「やっぱりちゃんとしたお医者様に診《み》てもらってよかったわ。今まで合わない薬を飲んでいたのよ。これからはどんどんよくなるわ。すぐに元気に外に出られるようになるわ」

一回の往診《おうしん》で三百リルもするが、フォルテには十万リルがある。当分はお金に困ることもないはずだ。

「ありがとう。お姉様のおかげです。私も早く元気になって少しでもお姉様に恩返しができるようになりたい」

「バカね。私に恩返しがしたいなら、元気になってちょうだい。それが一番嬉しいことなのだから」

「お姉様……」

フォルテとビビアンは手を取り合って目を潤《うる》ませた。少しずつだが光明が見えてきた。お金ですべてが買えるわけではないけれど、お金があるという事実は大きい。可能性も選《せん》択肢《たくし》もずいぶん広がるのだ。

しかし、久しぶりの幸せを確かめ合う姉妹《しまい》の部屋が、突如蹴破《けやぶ》るように開けられた。

「!?」

姉妹の視線の先にはドアの前に仁王立《におうだ》ちするナタリー夫人の姿があった。

「お義母様……」

腕を組んでひどく陰険《いんけん》な顔で立っている。その義母の後ろには五人ほどのメイド達が手《て》袋《ぶくろ》をつけて鼻と口を布で覆った完全武装で控えていた。

「ど、どうされたのですか？」

この元物置小屋の部屋にまで来るのは珍しい。

「どうもこうもないわ。あなた昨日井戸の水に病の菌《きん》をばら撒《ま》いたそうじゃないの！」

「そ、それは……。お、お医者様に診てもらって、もう治ったと言ってもらいましたので大丈夫です」

フォルテのことは診てもらってないが、そもそも病気になどなっていないのだから事実だ。

「今、馬車で出ていかれたお医者様ね。あの方に診てもらうには高額のお金が必要だと聞いています。そんなお金をいったいどこで手に入れたの？」

フォルテは青ざめた。

お医者様が呼べる喜びで、ナタリー夫人が怪しむことまで考えていなかった。

「正直に言いなさいな！　本当は亡き公爵から現金を預かっていたのでしょう？　私に内緒でこっそり隠しているのね！」

どうやら遺産をこっそり隠しているのだと思われたらしい。

「いえ……私達はそんなこと……」

「まあ！　この期に及《およ》んでシラを切るつもりね！　そんなことさせるものですか‼　さあ、みんな！　この部屋の隅々《すみずみ》まで隠し金がないか探すのです‼」

ナタリー夫人の合図と共に、後ろのメイド達がわらわらと部屋になだれ込んだ。

「な、何をなさいますか！　やめてください‼」

フォルテの叫びなど無視して、メイド達は部屋を物色し始めた。そして……。

あっさりと十万リルの札束が見つかってしまった。

「やめてください！　それはビビアンの治療費のために……」

フォルテは必死で食い下がって札束の袋《ふくろ》を摑《つか》んだ。

「離しなさいこの泥棒猫《どろぼうねこ》！　こんな所に財産を隠し持って！　なんて卑《いや》しいのかしら！」

ナタリー夫人は札束の袋にしがみつくフォルテの腕を取って、床に投げ捨てた。

「きゃっ‼」

フォルテの体が床に叩きつけられる。

「お姉様っ‼」

助けようとしたビビアンまでがベッドからすべり落ちた。

「ビビアンッ‼」

フォルテは駆け寄《よ》って、妹の体を助け起こす。

そんな姉妹に向かってナタリー夫人は口端を歪めて微笑んだ。

「ちょうどよかったわ。このお金で今度の舞踏《ぶとう》会にマルベラがつける宝石をオーダーしましょう」

「そんな……」

フォルテの顔が絶望に歪む。ようやく見えた光が一瞬で掻《か》き消《き》えていく。

そしてナタリー夫人は勝《か》ち誇《ほこ》ったように「ふん！」と鼻を鳴らして立ち去った。

真夜中の月に照らされた裏庭で、フォルテは両手に顔をうずめて泣いていた。

ビビアンの前では気丈《きじょう》に「こんなことぐらいで負けないわ！」と言い放ったフォルテだったが、本当は打ちのめされていた。マルベラやペルソナに何を言われようがどうでもいいが、お金を奪われるのは許せない。ビビアンの治療費とこれからの二人の人生に必要なお金だった。あのお金がなくては、次回のお医者様への支払《しはら》いさえできない。それはビビアンにとってまさに死活問題だった。

泣き腫《は》らした目で月を見上げたフォルテは、気づけばほんの数日前にその同じ月に照らされるように現れたアルトのことを思い浮かべていた。

「アルト様……。私はこれからどうすればいいの？」

月に問いかけるように呟いたフォルテは、無意識の自分の言葉に苦笑した。

「バカね。アルト様に問いかけたところで助けてくれるわけでもないのに」

無一文で物置小屋に暮らすフォルテにとっては、もはや遠い存在だ。

ゴローラモもいなくなり、フォルテには何もなくなってしまった。

絶望の闇に沈んでしまいそうな気持ちを、最後の気力で持ち上げる。

「ううん。私には占いがある。こんなことぐらいで負けてられないわ！　占いの館でもっともっと稼いで、すぐに十万リルだって貯《た》めてみせるわ！」

先日のお客様だって約束を破ってしまったままだ。それに次の予約も埋《う》まっている。

フォルテは気持ちを奮い起こして立ち上がった。

アルトは青貴婦人の正体が、家督を奪われ肩身《かたみ》の狭《せま》い思いをしながら暮らしているヴィンチ公爵の娘フォルテだったと知ってひどいショックを受けていた。

「ではフォルテはそのナタリー夫人とやらに部屋から追い出され物置小屋で暮らしていると？　病身の妹の薬代を稼ぐために未亡人を装《よそお》って占い師をしていたと？」

ゴローラモの憑依したダルと二人きりになると、凶悪顔の男を問《と》い詰《つ》めた。

そしてゴローラモは今度こそ観念してすべてを話すことにした。

「はい。公爵家のお嬢様として何不自由なく育ったフォルテ様が、ほこりの被った物置小屋に押し込まれ、木箱を並べて作ったベッドには病身のビビアン様を寝かせ、フォルテ様は板張りの床に寒さに震えながら眠ることもありました。時にはナタリー夫人に下働きのやるような仕事まで命じられ、それはそれはひどい仕打ちの毎日でございました」

「なんということだ……」

アルトはフォルテが以前に言っていた言葉を思い出した。

「王家に見捨てられた人間……。あれはそういう意味だったのか……」

「すべてを奪われ絶望しながらも、ビビアン様を不安にさせないようにどんな時も明るく振る舞《ま》っておられました。ご自分よりもいつもビビアン様の幸せばかりを願っておられるようなお優しい方なのです」

アルトは胸がしめつけられるように苦しくなった。

「彼女は……さぞかし王家を恨《うら》んでいたことだろうな。王も、王太子の私も……」

「嫌《きら》っては……いました。家督を奪われるまでの一連の出来事は国王陛下が通例を無視して下したものだと思っていますし、殿下のことも……。このダルの外見だと私が勘違いして話したままでございます」

アルトは、フォルテに勘違いされている凶悪人相を見つめ、大きなため息をついた。

「絶望しかない……」

「も、申し訳ございません」

ゴローラモは落ち込むアルトに凶悪顔で謝るしかなかった。

「どうりで……侍女にしては所作が洗練されていると思ったのだ」

侍女姿なのに良家の姫君を思わせる品性を感じた。

心に引っかかっていたすべてが納得《なっとく》できたような気がする。

そうと分かったなら、誤解は早く解いた方がいい。

「今すぐフォルテに会わねば。クレシェンを呼んでくれ、ダル」

そうして、はやる気持ちでクレシェンを呼んだアルトは告げた。

「ヴィンチ家のフォルテに会いたい。すぐに迎《むか》えをやってくれ」

「ヴィンチ家の？　青貴婦人のフリをしていたことを問い詰めるのですか？　そしてクー

デターとの関わりを問い詰めて……」

「ち、違う!!　そうではない！　彼女はクーデターとは関係ない。彼女も被害者《ひがいしゃ》なんだ」

「なぜそんなことが分かるのですか？」

「そ、そんな気がする。よく調べてみてくれ」

「？　もちろん調べはしますが……。彼女を呼んでどうするおつもりで？」

クレシェンは首を傾《かし》げた。

「ただ、会いたいのだ。会って話してみたいのだ」

その言葉を聞いたクレシェンは、何かに気づいたようにきらりと目を輝かせた。

「なるほど。そういうことでございましたか」

「そういうこと？」

アルトの疑問には答えず、クレシェンは深く拝礼して請け負った。

「畏まりました。仰《おお》せの通りに」

第九章　王太子殿下はフォルテをご所望です

「あ、あの……これはいったい……」

フォルテは心機一転、ビビアンの治療費《ちりょうひ》を稼《かせ》ぐためにばりばり占《うらな》いをしようと、いつも通り占い小屋にやってきた。

しかし占いの途中《とちゅう》でなだれ込んできた隠密《おんみつ》達にあっという間に馬車に乗せられ、気がつけば真《ま》っ直《す》ぐに以前と同じ仮宮に運び込まれてしまった。

「あ、あの……なぜこんなことを……」

しかも以前よりも部屋のランクが上がっている。部屋数も一つ多く、家具や調度もさらに高級なもののようだ。

侍女《じじょ》達も緊急《きんきゅう》で集められたのか、フォルテをソファに座らせると、慌《あわ》ただしく部屋の体裁《ていさい》を整えベッドメイキングをしている。とても手際《てぎわ》がいい。

五人の侍女達は、フォルテが会ったことのない顔ぶれだった。少し年配でベテランのようだ。おそらく普段《ふだん》は王太子のお世話をしている古参メンバーじゃないかと推測できた。

「お嬢様《じょうさま》、湯浴みの準備ができております。どうぞこちらへ……」

侍女の一人が、ソファに座るフォルテの前に跪《ひざまず》き頭を下げた。

「ゆ、ゆ、湯浴み？　あの……自分で好きな時に入りますので……」

先日ここに泊《と》まった時は、こんな案内はなかった。

「いえ、時間がございません。どうぞこちらへ……」

「じ、時間がないって？　あの……いったい……」

前に泊まった時とは違《ちが》う広い湯殿《ゆどの》に案内された。どうやら以前の湯殿は簡易のもので、こちらが側妃《そくひ》達が使っていた湯殿らしい。広い湯船と寝《ね》そべるような大理石の台がいくつかあり、すでに布を持った侍女がスタンバイしている。

「失礼致《いた》します、お嬢様」

言うなり侍女の一人にヴェールを奪《うば》い取られた。

「あっ‼」

あっさり素顔《すがお》を見られて慌てたフォルテだったが、侍女達は驚《おどろ》いた様子もなく占い師《し》のドレスを次々脱《ぬ》がしていく。

占い師の正体が若い娘《むすめ》であることに驚きはないようだ。あまりの手際のよさに逆らうこともできず、あっという間に全身を磨《みが》き上《あ》げられ、呆然《ぼうぜん》としている間にピンクの清楚《せいそ》なドレスを着せられ、鏡台の前で髪《かみ》を梳《と》かされていた。

「あの、どうしてこんなことに？　占いをするのになぜここまで着替《きが》える必要があるのですか？」

フォルテのキャラメル色の髪はおろしたまま四つの束に分けられ、肩《かた》の辺りで一つ一つ丁寧《ていねい》にリボンで結ばれていく。占い師に必要な装飾《そうしょく》とは思えなかった。

「占い？　なんのことでございましょう。わたくし達は、王太子殿下《でんか》がご所望《しょもう》のお嬢様を飾《かざ》り立《た》てるように仰《おお》せつかっております」

「殿下がご所望？　それはつまり……？」

「間もなく殿下がこちらにお渡《わた》りになられます。初めてのお渡りでございますゆえ、クレシェン様から特に念入りのお支度《したく》を仰せつかっております」

「な‼」

フォルテは蒼白《そうはく》になった。

「な、な、なぜ殿下が？　どうして私に？」

「そこまで詳《くわ》しいことは存じ上げません。どうぞ直接殿下にご確認《かくにん》くださいませ」

「ちょ……直接って、そんなこと言われても。どうして凶悪《きょうあく》顔の殿下が私に……」

「凶悪顔？」

侍女は不思議そうに首を傾《かし》げた。

「何をおっしゃっているのか分かりませんがもうすぐ殿下がお越《こ》しです。粗相《そそう》のないようにお仕えくださいませ」

準備を終え、次々と部屋を出ていく侍女達にフォルテは必死の思いで言葉をかけた。

「あの……何かの間違いです！　なぜ王太子殿下が？　いったいなんの用で？」

今更《いまさら》何を言っているんだという顔で足早に立ち去る侍女達。

「では、今宵《こよい》は誠心誠意お尽《つ》くしくださいませ」

フォルテの願いも虚《むな》しく、侍女はにこりと微笑《ほほえ》んでドアを閉じた。

ええ――――っ!!

（ちょ……ちょっと待って。後宮にいる女に王太子殿下がお渡りというのは……）

つまり……。どう考えても……。

（いやいやいや、おかしいじゃないの！　いったいなぜ私？　私は殿下に会ったこともないのに？　占い師と一夜のアバンチュールをご所望で？）

物好きにもほどがあるだろう。

（もっとやんごとなき美姫《びき》がいっぱいいるじゃない）

いや、そんなことを考えている場合ではない。もうすぐ殿下がこの部屋に来るのだ。

ゴローラモの言うところの凶悪顔のずんぐりむっくり王太子殿下が！

フォルテはごくりと息をのんで決意を固めた。

よし！　こうなったら……。

「逃《に》げよう!!」

アルトが執務室《しつむ》でフォルテの到着《とうちゃく》を知ったのは、クレシエンに呼んでくれと頼《たの》んでから僅《わず》か数刻後のことだった。

「ずいぶん早かったな。フォルテはすぐに応じてくれたのか？」

アルトはフォルテも自分に会いたいと思ってくれていたのだろうかと期待を膨《ふく》らませた。

だがその期待はクレシエンの次の言葉で絶望に変わった。

「応じるとかそのような回りくどいことをしてアルト様の気が変わっては困りますから。有無《うむ》を言わさず連れてまいりました。拉致《らち》とも言います」

「な！」

アルトは蒼白になった。

「なんという手荒《てあら》なことをするのだ！　誰《だれ》がそんなことをしろと言った！　私はフォルテを呼んでくれと頼んだだけだ！」

「つまり王太子殿下のご所望ということでございます。これは王国の娘であるなら万難《ばんなん》を排《はい》して応じねばならない最大の命でございます」

「バ、バカを言うな。可哀想《かわいそう》に。今頃《いまごろ》不安で震《ふる》え上がっているのではないか？」

「ではすぐに行って優《やさ》しい言葉をかけてあげればよいのです。これで恋《こい》におちること間違いなしです」

「そんな簡単な話ではないだろう。なんと卑劣《ひれつ》な王太子だと恨《うら》んでいるに違いない。……ったく、お前は私のことになると見境がなくなるのが欠点だ」

「お褒《ほ》めいただきありがとうございます」

「全然褒めておらん！　とにかくすぐに行って事情を話そう」

「では今から殿下がお渡りになると伝えておきましょう」

「お渡りではない！　話をするのだ。そう伝えてくれ」

「それは後宮で待ちわびる姫君《ひめぎみ》に失礼というものです。恥《はじ》をかくのはフォルテ嬢の方でございますよ。殿下は興味がないと宣言したようなものです」

「うぐぐ……」

　興味がないと思われるのも、アルトにとっては不本意だった。

　こんな早急《さっきゅう》な展開を望んではいないが、心惹《ひ》かれる女性であることに違いはない。

「分かった。では準備をしてから行く。そう伝えてくれ」

「畏《かしこ》まりました」

　そしてクレシェンが退室した部屋で、さっきからもはや人間の心を数千年も昔に忘れた悪魔《あくま》のような形相で睨《にら》む男に目をやった。

「ゴローラモ。誤解しないでくれ。そんなつもりでフォルテを呼んだのではない」

ふくよかな顔を逆八の字に怒《いか》らせて、ダルは答えた。

「見損《みそこ》ないましたよ、殿下。そのような下心を持っていらしたとは」

「だからあれはクレシェンが勝手に勘違《かんちが》いしてやったことだ！」

「ではフォルテ様にまったく下心はないと？　そう誓《ちか》えますか？」

「そ、それは……誓うわけにはいかぬが……」

「……」

ダルは泣く子も気絶させる顔でアルトを見据《みす》えた。

「そんな恐《おそ》ろしい顔をしないでくれゴローラモ。だからこうしよう。まずゴローラモが行ってフォルテを安心させてやってくれ」

「私が？」

「そうだ。一度ダルの体から出てフォルテのところに行ってくれ。そしてある程度の事情を説明して騎士《きし》アルトが来ると伝えてくれ」

ダルは、今度はみるみる情けない八の字眉《まゆ》になった。

「わ、私が話すのでございますか？　占い師の正体もフォルテ様の素性《すじょう》も全部バラしてしまったと私が白状するのでございますか？　忠誠を誓った騎士たるもの、このような生き恥をさらすぐらいなら死んだ方がマシでございます」

「生き恥というか生きていないがな。死んだ方がマシというかすでに死んでいるがな」

「我が人生でこれほどの屈辱《くつじょく》はございません」

「人生というのは死んだ後は入れなくてよいと思うぞ。ともかくフォルテのことを思うなら、ゴローラモが最初に説明するのが一番安心できるだろう」

「わ、分かりました。フォルテ様のためと言われるのなら、この屈辱にも耐《た》えて私が行くことに致しましょう」

ゴローラモは苦渋《くじゅう》を浮《う》かべながら渋々《しぶしぶ》肯《うなず》いた。


フォルテはあたふたと逃亡《とうぼう》の準備をしていた。

このピンクのふわふわドレスでは目立って仕方がない。

さっき脱がされた占い師の衣装《いしょう》を探すものの、どこにあるのか見つからない。

そうこうしているうちに「殿下が間もなくお渡りになられます」と連絡《れんらく》が来て焦《あせ》っていた。

「早くしなきゃ。どこにしまったのかしら?」

ふと窓の外にアルトはいないだろうかと期待してしまう。

こんな状況《じょうきょう》で、まだそんな夢物語を期待する自分がふとおかしくなった。

「助けてくれるわけないわね。そんなことしたら殿下に逆らう反逆者になるもの」

そこまでしてフォルテを助ける理由なんてない。

「むしろ私が逃げ出そうとしているなんて知ったら、逆に連れ戻《もど》すのかしら？」

そう思い至ると気持ちがどんよりと沈《しず》んだ。

「王宮で働く騎士様なら、私を捕《つか》まえて殿下に差し出すわよね」

叶《かな》わぬ相手を想《おも》ってしまっている自分が惨《みじ》めだった。

「何を夢見ていたのかしら。バカね。ここに私の味方なんて最初からいなかったのよ」

今ではゴローラモもいない。ひどく孤独《こどく》を感じた。そんな折れそうな気持ちを立て直して再び衣装を探す。

「早く探さなきゃ。本当にどこに隠《かく》したのかしら」

《何をお探しですか？　フォルテ様》

「占い師の衣装よ。どこかにしまってあると思うんだけど」

《私も一緒《いっしょ》に探しましょうか？》

「あら、助かるわ。ありが……え？」

思わずいつもの調子で答えていたフォルテは、壁際《かべぎわ》に立つ黒い陰《かげ》に気づいた。そして。

「ぎゃあああああ‼」

危《あや》うく気を失いそうになった。

見間違いかと思ったが、まさかこの姿は……。

「ゴローラモ？」

この世に未練を残し成仏《じょうぶつ》できなかった空気を背負ったゴローラモがいた。

「もう！　びっくりするじゃない！　そんな暗い姿で部屋の隅《すみ》にたたずんで。幽霊《ゆうれい》かと思ったじゃないの!!」

《私は、まさしくそのお先真っ暗の幽霊でございます。ええ、ええ。おぞましい姿で人を驚かせるのが本業でございますとも。今までが幽霊の本分を忘れ、明る過ぎたのでございます》

「そんな似合いもしない幽霊のフリはやめてちょうだい。そんなことより今までどこにいたのよ！　心配したのよ！　もう会えないかと思ったじゃない。バカ、バカ！」

驚いたのと安心したので、フォルテの目にじわりと涙《なみだ》が浮かんだ。

《実はフォルテ様に懺悔《ざんげ》せねばならぬことがございます》

「私に懺悔なんて珍《めずら》しいわね。お母様にはいつも懺悔しているけど」

《親愛なるフォルテ様……》

ゴローラモはいつもの懺悔の姿勢に跪き口を開いた。しかし、すぐにはっと口を閉じる。

「どうしたの？」

《お静かに！　怪《あや》しい気配が！》

「え？」
ゴローラモは何か気配を察知したように左右に視線を動かした。
《誰か来ます！　フォルテ様、隠れて!!　嫌《いや》な予感がします！》
「ええっ？　隠れろって言われてもどこに……」
オロオロしている間に部屋に暗い影《かげ》が走った。
《フォルテ様、後ろっっ!!》
ゴローラモが叫《さけ》んだ時には何者かの手刀がフォルテの後頭部を直撃《ちょくげき》していた。
《フォルテさまあああ!!》
ゴローラモの悲鳴を聞きながら、フォルテの意識はあっという間に遠のいた。
なすすべもないゴローラモは、急いでアルトの元へ走った。

フォルテは暗い地下室で目覚めた。手足は特に拘束《こうそく》されていない。

窓もない薄暗《うすぐら》い部屋は、入り口付近の燭台《しょくだい》一つで照らされている。

何もない狭《せま》い空間は監禁《かんきん》部屋のようだった。

「ここはどこ？　ゴローラモ!!」

久しぶりに会えた霊騎士の姿もない。

「いったい誰がこんな所へ？」

さっきから何がなんだか分からない。

「待って、落ち着いて。最初から考え直してみよう」

フォルテは心を落ち着け、状況を整理してみた。

「まず占い師の私を拉致して後宮に入れた」

それは前回と同じだから、てっきり占いをするのかと思っていた。

「でも侍女達は、まるで新しく入った妃《きさき》のように私を扱《あつか》った」

つまり今回は占いではなく夜伽《よとぎ》の相手として。

そこがよく分からない。

「占い師として？　フォルテとして？」

そしてゴローラモがいた。おそらくフォルテが屋敷《やしき》に帰った後もここに残っていたのだ。

てっきりダリア妃の闇《やみ》に囚《とら》われたか、トレアナ妃に成仏させられてしまったと思っていた。だからフォルテの元に戻れなかったのだと思っていたのに。

「じゃあ、ゴローラモは自分の意思でここに残ったの？　どうして？」

でもそれよりも、フォルテは重大なことに気づいた。

「どういう理由にせよ、私は新たな妃のように後宮に召《め》された。それはつまり……」

嫌な予感がする。後宮の黒い闇。それはやっぱり今でも続いているの？

国王陛下の子を生んだ妃はことごとく殺され、やがて新しい側妃が入るたび不審《ふしん》な死を遂《と》げたり行方《ゆくえ》知れずとなった。つまり……。

「私をここに攫《さら》った相手こそ……」

後宮の黒幕……？

その時、薄闇《うすやみ》の先に見えるドアがガチャリと開いた。

そこには二人の侍女を従えた人影が見えた。その真ん中に立つ人物は……。

「まさか……あなたが……」


「本当に彼女なのか？」

アルトはダルの体に入った霊騎士に尋《たず》ねた。

「はい。間違いありません。あの侍女達の装《よそお》いは、あの貴妃《きひ》様です」

二人は王太子の抜《ぬ》け道《みち》を通って、目的の場所に向かっていた。

「だが信じられない。彼女は一番関係ないと思っていたのに……」

アルトは予想外の名前に驚いていた。

「とにかく直接確かめるしかない」

アルトは黒髪の騎士姿のまま後宮に足を踏《ふ》み入《い》れ、貴妃の宮に辿《たど》り着《つ》いた。

宮の入り口には、何かを警戒《けいかい》するように扉《とびら》を守る侍女が二人立っていた。

いつもいるはずの外回りの警備兵達は人払《ばら》いされているようだ。やはり怪しい。

「ダル、あれを頼む」

アルトが命じると、ダルは肯《うなず》いて巨体《きょたい》を揺《ゆ》らしのっしのっしと侍女に近づいた。

侍女達はおよそ後宮で見かけたこともない巨大な怪物《かいぶつ》に気づくと「きゃあ！」と二人で手を取り震え出した。それをいいことにダルはますます凶悪な顔で侍女達に迫《せま》る。

「な、何者ですか！」

「ここを通すわけにはまいりませんよ！」

気丈《きじょう》に言い放った侍女達だが、そのあまりに凶悪な顔に気を失わんばかりになっている。

そして侍女二人がダルに気を取られている間に、アルトはそっと扉を開けて宮の中に入り込んだ。

ゴローラモが先日見たという内部の情報を元に、アルトは夕闇に身を隠しながら進む。

（どこだ？　どこにフォルテを捕《と》らえている？）

建物内部に入り込み、やけに閑散《かんさん》とした室内で気配を消しながら捜す。

「そこで何をしておられる？　ここは国王陛下以外の男子が入れぬ禁所と分かっていての狼藉《ろうぜき》であるか！」

威圧《いあつ》的な声が響《ひび》き、アルトの前に二つの影がすっと立ちはだかった。

アルトは二人の侍女の後ろに立つ貴妃に気づいて真っすぐ睨み返した。

「そなたの方こそ、フォルテをどこにやった？」

「フォルテ？」

「誤魔化《ごまか》しても無駄《むだ》だ。この宮の侍女が連れていったのを見た者がいる。そなたの命令であろう。トレアナ貴妃殿」

トレアナ貴妃と名指しされて、神妻の威厳《いげん》を持つ女性は目を細めアルトを見つめた。

「無礼者！　貴妃様の名を呼ぶとは失礼千万」

「陛下以外の男が目に映すことも万死《ばんし》に値《あたい》する」

「貴妃様、この者を捕らえましょう」

腕《うで》がたちそうな侍女二人がアルトの前にずいと攻《せ》め寄《よ》った。

「お待ちなさい」

しかしトレアナ貴妃は侍女達を制するように言い放った。

そしてゆっくりと腰《こし》を沈め、その場に跪いた。

「貴妃様？」

「何をなさっているのですか？」

侍女二人は突然《とつぜん》跪く貴妃に驚いた。

「二人とも下がりなさい。このお方は間もなく王となられるお方です」

二人の侍女は、はっとアルトを見返して慌てて貴妃の後ろに下がり跪いた。

「お姿を変えておられるようですが、王太子殿下でございますね？」

トレアナ貴妃は確信しているように尋ねた。

「分かっているなら話が早い。フォルテを返してくれ」

アルトは直球で告げた。今はとにかくフォルテの救出が第一だ。

しかしトレアナ貴妃は静かに答えた。

「フォルテ嬢は、もうここにはいません」

「いないだと？　どういうことだ！　まさか、そなたっっ!!」

蒼白になるアルトに貴妃は慌てて首を振《ふ》った。

「手にかけたりはしておりません」

「ではフォルテはどこに……」

「隠し通路から王宮の外に逃がしました」

「隠し通路……」

隠し通路はこの斎妃の宮にあった。やはりトレアナ貴妃が黒幕なのかとアルトは焦った。

「我らワグナー家一族はデルモントーレ国と神をつなぐ大司教の家系でございます。そして後宮に神妻を置き、後宮内を清浄《せいじょう》に保つのが斎妃の宮の貴妃となった私《わたくし》の役目」

「後宮内の清浄……。ではすべてはトレアナ貴妃殿が……」

トレアナ貴妃は、目を伏《ふ》せ肯いた。

「過去よりこの宮は、後宮内の権力争いに疲《つか》れた側妃達を癒《いや》す祈《いの》りの場でもありました。そして時に命を狙《ねら》われ、時に重圧に耐えきれなかった女性達を外部に逃《のが》す抜け道でもございました」

「では妃が次々行方知れずになったのは……」

「はい。私が逃しました。貴妃となったばかりの若かりし頃《ころ》、重臣の姫君達の横暴を止めることもできなかった。そして私が未熟なばかりに多くの死人が出てしまいました」

それは斎妃のせいというよりは、気弱で逃げ腰《ごし》の父王に問題があったと聞いている。背後の重臣の顔色を窺《うかが》い、処分することもできず好き放題にさせてしまったのだ。

「その後に入った側妃達は、みな黒い噂《うわさ》に怯《おび》えここから逃してほしいと願いました。私は怯える彼女達を隠し通路から逃す以外に何もできなかったのでございます。すべては私の斎妃としての力不足ゆえ。勝手なことをした私をお許しください。罰《ばつ》はすべて私がお受けいたします」

しかしアルトは首を振った。

「いや、そなたのしたことは正しい。父王とてそなたを責めることはないだろう」

父王は悪い人間ではないが、手に負えない問題が起こると重臣に任せて逃げてしまうところがあった。頼《たよ》りにならない王の元で斎妃として過ごす日々はさぞ苦しかっただろう。

「殿下……」

トレアナ貴妃はほんの一瞬《いっしゅん》神妻の荷を下ろして、つうっと一筋の涙を流した。

「しかしフォルテは王の側妃ではない。私が呼んだのだ」

「されど拉致同然に連れてこられたと聞《き》き及《およ》んでおります。そして本人に話を聞いたところ帰りたいと申しました。それゆえ……」

「帰りたい……。フォルテがそう言ったのか」

王太子の正体も知らない現状では仕方がないのかもしれないが、アルト自身を拒《こば》まれたようなショックに落ち込んだ。

「何か事情があるようでございますね。あのご令嬢《れいじょう》はこの後宮に縁《えん》が深いような気がしましたが、ご本人がひどく帰りたがっておりましたので、そのお気持ちに従うことに致しました。ですが今ならまだ間に合うかもしれません」

「うむ。フォルテのところに案内してくれ、頼む」

「畏まりました。侍女に案内させましょう」

フォルテはトレアナ貴妃の侍女二人につき添《そ》われて、真っ暗な隠し通路を進んでいた。

侍女がかざす小さな松明《たいまつ》の明かりだけが前方を照らしている。

「間もなく外に抜ける出口でございます、お嬢様」

「ありがとう、助かりました」

あのままでは気まぐれな王太子の一夜の相手にされていたかもしれない。逃げられるなら、それが一番いいに決まっている。

最初トレアナ貴妃が現れた時は、この人が黒幕だったのかと驚いたが、話を聞いてみると神妻たる貴妃らしい行動だった。

ただ、腑《ふ》に落ちない点も残っている。

(行方不明になった側妃のことは分かったけれど、殺された妃や王子も大勢いるわ。結局それは誰が手を下したの?)

隠し通路のありかと黒幕は同じではなかった。

(でもアルト様は王宮の外で殺されていた側妃がいたって言ってたわよね? じゃあトレアナ貴妃様の隠し通路から出て殺されたってこと? それとも後宮で殺されて、誰かが王宮の外に遺体を捨てたってこと？　それはどうやって？　トレアナ貴妃様の協力なしにできるかしら？　この人達を信じて本当に大丈夫《だいじょうぶ》なの？）

急に不安になってきたフォルテだったが、今は信じて進むしかない。

「さあ、ここを上ってください」

突《つ》き当《あ》たりの天井《てんじょう》から下りている梯子《はしご》を上る。

前を行く侍女が天井をぐっと持ち上げると、天板が横にずれて柔《やわ》らかな光が差し込んできた。器用に外に出た侍女は手を差し伸《の》べ、フォルテを引き上げてくれた。

そこは背の高い雑草に覆《おお》われた草むらの中だった。外から見つからないように、ここに出口を作ったらしい。

「馬車が待っています。どうぞ、こちらへ……」

大木に隠すように止めてある馬車にフォルテと侍女二人が駆《か》けていく。しかし、いよいよ馬車が眼前に見えてきたところで侍女の一人が立ち止まった。

「きゃっ!!」

フォルテは思わず叫んだ。馬車の前に座っているはずの御者《ぎょしゃ》が地面に倒《たお》れている。そしてその背にナイフの柄《え》が突き立っていた。

「誰がこんなことを……」

フォルテは、はっとして無表情のまま死体を見つめる二人の侍女から一歩離《はな》れた。

「ま、まさか……あなた達が……」

二人の侍女は無言でフォルテに詰《つ》め寄る。

さらに一歩下がるフォルテの背後の草むらが、ざっと音を立てた。

それを皮切りに、ざっざっと次々地面が鳴り黒い人影に取り囲まれていた。

「黒幕はやっぱりあなた達だったの……」

青ざめるフォルテに、侍女の手が伸びる。

「来ないで‼」

フォルテは侍女から逃げるように後ずさり、背後から攻め寄る黒服がフォルテに向かって短刀を振り上げた。

「あっ！」

そして、そのままフォルテの心臓を……突き刺《さ》した。

……かのように見えたが、間一髪《かんいっぱつ》、すれすれのところで黒服の手が止まる。

そのままグラリと傾いで、どうと地面に倒れる。その背に飛ばしナイフが突き刺さっていた。

そしてわけが分からず呆然と立ち尽くすフォルテの前に大きな背中が立ちはだかっていた。

「怪我《けが》はないか、フォルテ？」

聞き覚えのある声に、はっとその背を見上げた。

「アルト様？」

アルトはフォルテを背に庇《かば》い瞬時《しゅんじ》に状況を判断する。

斬りかかってきた黒服達の短刀を、アルトの剣《けん》が受けて跳《は》ね返《かえ》す。

カンッ　カンッと剣を打ち合う音が響き、一人、二人と黒服達が倒されていく。

よく見ると、トレアナ貴妃の侍女達も数を増やして黒服と打ち合っている。

アルトが連れてきた侍女も数人いるらしい。

（黒服の人達はトレアナ貴妃様の手の者ではなかったの？　どういうこと？）

フォルテが戸惑《とまど》っている間に、黒服達がじりじりと後ずさっている。

不利と判断して逃亡しようとしていた。

「捕まえろ！　殺すな！」

アルトが命じると、トレアナ貴妃の訓練された侍女達は、命令に従って黒服達を次々捕らえていく。数人は逃したもののアルトの前に罪人が取り押さえられて連れてこられた。

「アルト様……。あなたはいったい……」

アルトは自分の背中で震えているフォルテに視線をやった。

「大丈夫か？　フォルテ」

「は、はい」

温かな葉緑の瞳《ひとみ》を見て一気に肩の力が抜けた。

なぜこんなに安心できるのか分からないが、この人がいればもう大丈夫な気がした。

「でも、隠し通路のある宮の貴妃様が黒幕だったのではないのですか？　この人達はトレアナ貴妃様の手の者ではなかったのですか？」

フォルテはてっきり外に逃がすと見せかけて殺されるのだと思っていた。

「うむ。ここに向かいながら私も考えていた。そして盲点《もうてん》があったことに気づいた」

「盲点？」

アルトは肯いて縛《しば》られた黒服達を見下ろした。

「頭の布を取って顔を見せよ」

アルトが命じると、トレアナ貴妃の侍女達がそれに従うように布を取り払《はら》った。

「あっ！」

フォルテは、そのうちの数人に見覚えがあった。

「『水妃《すいひ》の宮』のアドリア貴妃様の……」

黒服の侍女達はがっくりと肩を落とした。

「そなたが水路の張《は》り巡《めぐ》らされた水妃の宮のことを話してくれた時から、もしやと思っていた。そして今、すべてがつながった」

「どういうことですか？」

まだ意味の分からないフォルテに、アルトは告げた。

「隠し通路は二つあったんだ」

「!!」

フォルテは目を見開いた。

「いや、正確には二つ目を勝手に作ったんだ」

「勝手に？」

「水路だよ。宮全体を満たす水をどこから引いてくるのだろうかと不思議だった。アドリア貴妃は、宮の改装を理由に王宮の外から水を引き込む水路を作った。この者達は水路を使って自由に行き来してたんだ」

「水路を使って……」

そんなこと思いもしなかった。

「なぜ、フォルテの命を狙った？　お前達が妃殺しの犯人だろう」

「……」

侍女達は苦悶《くもん》の表情を浮かべ俯《うつむ》く。

「アドリア貴妃がすべて企《たくら》んだのか？」

そしてアルトの言葉に、観念したように口を開いた。

「アドリア様はご実家のお父上に気に入られようとしただけで……」

「実家？　ではブライトン公爵《こうしゃく》が命じたのか？」

ブライトン公爵が王家の断絶を目論《もくろ》んでいたということか。

「いえ！　公爵様は後宮に入る時にただ一言『国王の正妃の座を勝ち取れ。他の姫君を決して正妃にさせるな』と。他の貴妃に奪われるようなことになれば、すべての援助《えんじょ》を取りやめると。そうおっしゃっただけです。されど陛下のお渡りもなく、正妃になるなど無理だったのです。アドリア様はお父上に見捨てられることを何より恐れておいででした」

「公爵に見捨てられたくないから妃殺しを？」

「アドリア様は後宮での暮らしをとても気に入っておられるのです。誰かが正妃になって、このままでいられなくなることは死にも値する恐怖《きょうふ》なのです」

「それで殺したと？」

そんなことで？　何人もの命を平然と？

フォルテは信じられない思いで聞いていた。

「アドリア様は人の死をあまり理解しておりません。道端《みちばた》の石を取り除くように、お命じになります。お父上の言いつけを守っているのだから、自分は悪くないと……」

「バカな……」

アルトはその言い分に呆然としていた。

フォルテはアドリアを占った時のことを思い出していた。

彼女は確かに鳥を殺したことを悔《く》いていた。しかし、それはそのせいで自分が地獄《じごく》に堕《お》ちるのが怖《こわ》かったから。小さな命を思いやったからでもなければ、自分の罪を悔いていたのでもない。ほんの目先の自分の未来だけを心配して、誰かが苦しんだり悲しんだりしていることを共感する想像力に欠けている。

(知らないからいいの？　想像できないから許されるの？　そんなわけない！)

「そなたら侍女はそれを素直《すなお》に聞き入れて妃殺しをしてきたのか？　本当はブライトン公爵の密命を帯びているのではないのか？　幼いアドリア貴妃に殺しを命じるように誘導《ゆうどう》してきたのではないのか？」

ブライトン公爵はアドリア貴妃が正妃になれないと分かると、気弱な王の血筋断絶を目論んだ。そして王家の乗っ取りを。そう考えた方が自然だ。

しかし侍女はきっぱりと答えた。

「いいえ。すべてはアドリア様一人のご命令です。ブライトン公爵はご存じありません」

まるで前もって用意していた言葉のように澱《よど》みなく言い切った。

「我らは後宮に入る時、何があってもアドリア様に従順であれと言われておりました。それに従っただけです」

「そのように答えろとブライトン公爵に言われたか。公爵が知らぬはずがないだろう」

アルトはさらに問い詰める。

だが侍女達は決して認めようとはしない。

「いいえ。すべてはアドリア様を止められなかった我ら侍女の責任でございます」

アルトは頭を抱《かか》えた。

これほどよく教育された侍女が、姫君の身の回りの世話だけにつけられたとは思えない。

だがどれほど尋問《じんもん》しても、この侍女達はブライトン公爵の名を出さないだろう。

ことがバレた時には、すべてアドリア貴妃一人のせいにして切り捨てるつもりだった。

そうであるなら、アドリア貴妃もまた無知ゆえの被害者《ひがいしゃ》なのかもしれない。

アルトは諦《あきら》めたようにトレアナ貴妃の侍女に命じた。

「女達を牢《ろう》に入れ、早急にアドリア貴妃の身柄《みがら》を拘束せよ」

「はっ！」

そして、アルトは背に庇ったままのフォルテに向き合った。

「フォルテ……」

「アルト様……。きゃっ？」

礼を言うより先に、アルトの腕がフォルテを力いっぱいに抱《だ》きしめていた。

「君が無事でよかった……」

心の底から安堵《あんど》したように呟《つぶや》くアルトの声がフォルテの耳元に響いた。

「アルト様……」

思いがけない抱擁《ほうよう》に動揺《どうよう》しながらも再会の喜びが心を満たしていく。

力強い腕にしめつけられて息もできないほどなのに、不思議な幸福感に包まれる。

フォルテはひと時、その心地《ここち》よい腕の中に身を預けた。

でもフォルテには分かっていた。これが、ひと時の儚《はかな》い夢だと。

「これで後宮の真相も解明できましたね。アルト様の大事な方もきっと報《むく》われることでしょう」

今もきっと大事に想っているその姫君を思い浮かべ、フォルテは苦しくなった。

そしてもう一つ重大なことに気づいて、はっとアルトから離れた。

「そういえばどうしてここにアルト様が？　なぜ私がここにいると？　もしかして、私が王太子殿下に召されたことをご存じなのですか？」

「それは……」

アルトが口ごもるのを見て、フォルテは失望を感じた。

「ご存じだったのですね。それで私を連れ戻して王太子殿下に差し出そうと？」

「いや、そうじゃないんだ。フォルテ、私は……」

「こ、来ないでください！」

「フォルテ……」

怯えた表情で自分を拒絶《きょぜつ》するフォルテにアルトもまたショックを受けた。

「それがあなた様の任務なのかもしれませんが、どうかお慈悲《じひ》があるなら私をこのまま家に帰してください」

「……」

「殿下にお伝えください。私はこれ以上、王家に何も奪われたくないと」

「奪う……」

激しい怒《いか》りを込めて自分を見つめるフォルテに、アルトは何も言い返せなかった。

王のせいで家督《かとく》を奪われたと思っているフォルテには、王太子である自分は憎《にく》むべき相手なのだとはっきり痛感した。

今自分が王太子であることを明かしたところで、フォルテは決して心を開いてはくれない。むしろ騙《だま》して近づいたことでさらに憎しみを深めるかもしれない。

アルトは覚悟《かくご》を決めたように肯いた。

「分かった。そなたはこのまま馬車に乗って自分の屋敷に帰るがいい。御者を用意するから気をつけてお帰りなさい」

「アルト様……」

「だが……すべきことをやり遂げて、納得《なっとく》のできる人間になれたなら改めて迎《むか》えに行く」

「迎えに？　それはいったいどういう……」

しかしアルトはフォルテの質問に答えないまま、そばに残っていた侍女に命じる。

「このご令嬢を屋敷まで送り届けるよう手配せよ。道中かすり傷一つ負わせぬよう」

「はい！　畏まりました」

侍女は拝礼してからフォルテを馬車へと連れていく。

「え、ちょ……ちょっと待って！　アルト様……」

「必ず迎えに行く」

アルトは微笑んで王宮に戻って行った。

「はっ！」　タプ　トプ
「ふっ！」　タプ　トプ
「くっ！」　タプ　トプ
アルトの執務室では、ダルが巨体を上下させスクワットをしていた。
もちろん中身はゴローラモだ。
「そのかけ声は分かるが、タプトプというのはなんの音だ？」
アルトは書類から目を上げて、もう五百回はしているだろうダルに声をかけた。

「これは五重アゴの肉が反動でくっつく音と、七段腹の肉がくっつく音です」

言いながらもタプトプ、タプトプと鳴っている。

「……。その体でスクワットをするお前を尊敬するぞ」

アルトは心からゴローラモに称賛《しょうさん》を伝えた。

「このたるみきった体にもう耐えられないのです。でも、見てください。この数日の努力の成果が分かりますか？」

スクワットを終え、アルトの前まで近づいてきたダルに首を傾げる。

「成果？　どこか変わったか？」

「よく見てください、アルト様。五重アゴが四重に、七段腹が六段になりつつあります」

得意気にアゴを上げるダルだったが、正直五重も四重も大して違わない。

「まあ、しばらくダルの体を鍛《きた》えてやってくれ。気づいたら六段腹になっていたら、あいつも喜ぶだろう」

そこへ部屋の外から声がかかり、クレシェンが入ってきた。

クレシェンは最近いつ来てもダルがいることに不審を浮かべる。

「またここにいたのか、ダル。いつもアルト様の部屋で何をしているんだ？」

「そ、それは少しばかり運動を……。この部屋は広くて伸び伸び動けますので」

「運動？　お前が？」

「ほら見てください。五重アゴが四重に……」

ダルはクレシェンにも同じようにアゴの肉を見せた。

「……。確かに、七段腹も六段になっているな」

「！」

ダルは、ぱあっと目を輝《かがや》かせた。

「わ、分かりますか？」

「よく分かったな、クレシェン」

アルトも感心した。見ていないようで、よく人のことを見ているのだ。だから抜け目なくいろんなことに気がつく。

ゴローラモは少しだけクレシェンが好きになった。

「そんなことより、ベルニーニ派に肩入れしていた貴族の家督相続の偽造《ぎぞう》文書の件ですが、言われた通りの場所に書類が見つかり、後見人と名乗っていた男を捕らえることができました。よくあの場所に隠していると分かりましたね」

「ああ。最近勘《かん》がよくてな。夢のお告げというか……」

アルトはダルに微笑みかけた。

怪しい家を前もって霊騎士ゴローラモに捜索《そうさく》に行かせている。そして集めた情報を元に突然兵士を踏み込ませていた。この方法ですでに五件の偽造文書を見つけ、正しい家督相続者に戻すことができた。

これで一気にベルニーニの議会での発言力が小さくなった。

「ブライトン公爵はつながってなかったか？」

アルトは密《ひそ》かにつながっていたのではないかと思っていた。だが侍女達を尋問しても何も出ず、ブライトン公爵自身はアドリア姫が自分の知らぬところで愚《おろ》かなことをしたと王にひれ伏したらしい。病床《びょうしょう》の父王は、公爵の言葉を全面的に信じているようだ。

「残念ながら、ベルニーニとの接点も見つかりませんでした。相当な食わせ者かもしれませんね。要注意人物です」

「仕方がない。アドリア貴妃の件でしばらくは表立った行動はしないだろうし、まずはベルニーニを捕まえるとしよう」

「はい。隠密の話では、ずいぶん焦っているようです。あちこちに綻《ほころ》びが出てきて、沈みかけた船のようなものです。血迷って無謀《むぼう》な行動に出るやもしれません」

だが、フォルテのヴィンチ公爵家はまだそのままだった。

娘二人が残されたヴィンチ家は、ベルニーニの最大の巣窟《そうくつ》であり、ナタリー夫人や娘のマルベラは彼らに近しい存在らしい。

「それから、お待ちかねの偽造文書ですが、ようやく見つけましたよ」

クレシェンはにやりと微笑んで、懐《ふところ》から一枚の羊皮紙を出した。

「あったか！」

待ち望んでいた一枚だ。これで証拠《しょうこ》は揃《そろ》った。

後はどうやってこの証拠を突きつけるかだ。

「実は私、とっても小気味いい方法を思いついたのです」

クレシェンがいつもの悪巧《わるだく》みの顔になった。

「小気味いい方法？」

「はい。忙《いそが》しさのあまりすっかりお忘れになっているようですが、三日後に王宮で王太子殿下お披露目《ひろめ》の舞踏《ぶとう》会が開かれます」

そういえばもうそんな時期になっていた。

ベルニーニ一派の壊滅《かいめつ》計画と同時に、アドリア貴妃を辺境の地へ幽閉《ゆうへい》することになってその段取りに忙しかった。本人は何が悪かったのか分からないような状態だったが、無知だからといって妃や王子殺しは重罪だ。

水妃の宮は外につながる水路を発見し、閉鎖《へいさ》して解体する予定だ。

そして二十年も前に行方知れずになったままのアルトの母の捜索も始まったばかりだ。

トレアナ貴妃に当時のことを聞きながら、捜索部隊を作った。

とにかく目が回るほど忙しい日々だった。

「私の妃探しの舞踏会か？　私は誰も選ぶつもりはないのだが」

「しかし、招待した令嬢達はその日のためにドレスを新調し、ダンスのレッスンをしているのです。やめるわけにはいきませんよ」

「誰も選ばぬのに期待させるのも気の毒だ」

「フォルテ嬢を舞踏会に招待してもですか？」

「フォルテを？　だがフォルテはまだナタリー夫人に家督を奪われたままで……」

「そのナタリー夫人もついでに招待しましょう。ベルニーニや主要な男性貴族ももちろん参加させます。こちらからエサを投げてやりましょう」

「それはつまり……」

「大勢の貴族が見守る中でベルニーニを捕らえるのです。これは王太子となって最初の大仕事です。アルト様の手腕を見せつけるにうってつけでしょう。その後は、どうぞお好きなご令嬢をお選びください。もちろんフォルテ嬢でも構いません」

アルトは呆れたようにため息をついた。

「お前もたまには気の利いた悪巧みをするではないか。ただしフォルテが受け入れてくれる自信はあまりないんだがな」

そしてダルを含めた三人で舞踏会当日まで作戦を練ることにした。

「行ったわね……」

フォルテはピットのいる厨房《ちゅうぼう》の窓から、華《はな》やかに飾り立てた馬車が出ていくのを頰杖《ほおづえ》をつきながら眺《なが》めていた。

今日は王宮の舞踏会だった。

「見てごらんなさい、私にも招待状が届いたのよ」

昨日ナタリー夫人は、わざわざ厨房に出向いてフォルテとピットに王宮の招待状を見せびらかした。王太子の妃選びだから余程《よほど》の重臣でない限り母親まで招待されないと聞いたが、どうやらマルベラは特別らしかった。

「やはり王太子殿下は、社交界でも一番の美姫と言われるマルベラの噂を知っていらしたのね。おそらくもう妃はマルベラと決めていらっしゃるのだわ。だから母親の私にも招待状が来たのよ」

ナタリー夫人はそう言っていた。

フォルテは、占い師を一夜の夜伽に攫うような王太子ならば、マルベラに目をつけてもおかしくないだろうと思った。

「マルベラは、恐ろしい顔の殿下でも嬉《うれ》しいのかしら……」

フォルテは、ふとアルトの顔を思い浮かべた。

アルトに会いたい。この数日その思いばかりがどんどんつのっていく。

(迎えに来るってどういう意味？　あの時抱きしめたのはどうして？　ううん、何を期待しているの？　アルト様が侍女の私なんて相手にするはずないじゃない。それとも、青貴婦人の正体が私だって分かって迎えに来るっていうこと？)

何がなんなのか日にちが経《た》ってもまったく分からなかった。

今ではやっぱり夢を見ていたんじゃないかと、最後には行きついてしまう。

「本当は舞踏会に行きたかったのではないですか？」

ピットはパンを取り分けながら尋ねた。

「舞踏会にというよりは……」

そこにアルトと……なぜかゴローラモもいるような気がしていた。

その時、厨房のドアが外からノックされた。

「失礼致します、フォルテ様。お届け物でございます」

「届け物？」

フォルテはピットと目を合わせて首を傾げながらドアを開けた。

するとそこには……。

青貴婦人として仮宮にいた時見張りについていた隠密が跪いていた。

そしてその後ろに大きな衣装箱を抱えた兵士二人と、さらには後宮で夜伽の支度をしたベテラン侍女が数人列をなしていた。

「え？　何？　どうしたの？」

「舞踏会の招待状を預かっております。大急ぎでこちらのドレスに着替えてお越しくださいとアルト様のご命令でございます」

「アルト様が？　でも……私は……」

「さあ、お嬢様、お手伝い致します」

侍女に手を引かれる。

「ピ、ピット、わたし……」

フォルテはピットに振り返った。

「さあ、フォルテ様。ビビアン様のことは私に任せて行ってらっしゃい」

ピットはいつも通り穏《おだ》やかな笑顔《えがお》で背中を押した。

王宮の大広間は大勢の華やかな貴族で溢《あふ》れていた。

王太子の妃の座を狙って、若く美しい令嬢がこれでもかと宝石をつけて、趣向《しゅこう》を凝《こ》らしたドレスに身を包み、髪を高く結《ゆ》い上げてお互《たが》いに牽制《けんせい》していた。

青年貴族も参加しているが、今日は王太子の妃選びだ。

どんな気に入った令嬢がいても、最初にダンスの相手を選ぶのは王太子だった。

しかしそう分かっていても、人気の令嬢の元には男性貴族が群がっている。

そして一番人気はやはりマルベラだった。青紫《あおむらさき》の胸の開いたドレスを着るマルベラに、少しでも近づこうと男達の輪ができている。その中にはもちろんペルソナもいた。

ナタリー夫人は、その様子を満足げに見ている。

しかしその広間に突如《とつじょ》、ほうっという歓声《かんせい》が響いた。

何事かと振り向いた男達はすぐにそちらに目を奪われる。

「どこのご令嬢だ？」

「なんて美しい……」

「初めて見る顔だ」

そこにはキャラメル色の髪をリボンで清楚に結わえ、白いオーガンジーたっぷりのドレスを纏《まと》ったフォルテが立っていた。

レースの薔薇《ばら》を散りばめたドレス。それは亡《な》き母テレサと仕立てた社交界デビュー用のものをさらに豪華《ごうか》に贅沢《ぜいたく》にしたようなドレスだった。

（どうして知っているの？）

フォルテはドレスを見て驚いた。

アルトがゴローラモの話を聞いて慌てて仕立てさせたドレスだなんて、もちろん知らない。耳と首を飾る宝石も大粒《おおつぶ》で、おそらくこの中の誰より高価なものだ。

しかしフォルテは、気後《きおく》れしていた。

十七歳で初めてこんな華やかな場所に出たフォルテには知り合いがいなかった。

隠密も侍女もさすがに中まではつき添えず、どこかに行ってしまった。

一人で戸惑うフォルテの元には、すぐに男性貴族の群れができた。

「はじめまして、私はトロス子爵《ししゃく》です。どうぞお見知りおきを」

「私は南の地を治めております男爵《だんしゃく》です」

「お名前をお聞かせ願えますか」

「どちらのご令嬢ですか？」

矢継《やつ》ぎ早《ばや》の質問に、フォルテはどうしていいか分からなかった。

（どうしよう……。アルト様はどこに……）

そして自分のそばから男達が立ち去っていくのに気づいたマルベラとナタリー夫人は、

男性の群れを作る中心を見て驚いた。

「フォルテ？」

ペルソナも初めて見るフォルテの美しく着飾《きかざ》った姿に目を丸くする。

そして自分の娘よりも注目を浴びているフォルテにナタリー夫人の怒りが膨れ上がった。

「あなたっ！　こんなところで何をしているのっ！」

ナタリー夫人の罵声《ばせい》が飛ぶ。

「お義母様《かあさま》……」

フォルテは蒼白になった。

「嫌だわ！　どうやって入り込んだの？　招待状がなければ入れないはずでしょ？　まあ！　もしかして誰かの招待状を盗《ぬす》んだの？　この泥棒猫《どろぼうねこ》ったら！」

「い、いえ……そんなことは決して……」

「だいたいそんな高価なドレスと宝石をどこから……。やっぱり隠し財産があったのね！なんて卑《いや》しい子！」

ナタリー夫人は摑《つか》みかからんばかりにフォルテに近づいてくる。

そしてドレスを引きちぎられるのかと思った瞬間《しゅんかん》、その手を誰かが摑んだ。

それは姿が見えなくなっていたアルトの隠密だった。

姿が見えないだけで、変わらず守ってくれていたらしい。

「な、何よ！　あんたっ!!」

「王太子殿下のおなりでございます。ご静粛《せいしゅく》に」

冷たく言われ、ナタリー夫人は渋々引き下がった。

広間の入り口には大きなラッパと太鼓《たいこ》の音と共に、騎士の一団が現れる。

間もなく王となる王太子のために新しく編成された白い軍服の近衛《このえ》騎士の集団だ。

その花形集団の登場に、貴族達は真ん中を空けて注目する。

そして近衛騎士団に続いて、クレシェンが姿を現した。

普段は陰険《いんけん》な顔をしているが、こういう場ではマントを揺らす優雅《ゆうが》な男だ。

ほうっと女性陣《じん》のため息が洩《も》れる。

さらに続いて現れたのは……。

(王太子殿下……？)

……とフォルテが思っているダルだった。

若い貴族達も噂話からこれが王太子かと、緊張《きんちょう》で魔人《まじん》と化したダルの凶悪顔に震え上がった。

「え、やだ、あれが王太子殿下？」

「太った方とは聞いていたけど、まさかあそこまでとは……」

「あんな恐ろしい顔無理だわ……」

令嬢達は、うっかり見初《みそ》められては大変だと、慌てて顔を俯けた。

そして最後に現れたのは……。

（え？　どういうこと……？）

フォルテは何がなんだか分からなくなった。

（アルト様？）

でも……。アルトの黒髪は見事な金髪《きんぱつ》に変わっていた。しかも……。

全身白の衣装に金刺繡《ししゅう》のマント。豪華な彫《ほ》りの飾り剣。大ぶりの輝石《きせき》のついた杖《つえ》。

それらを身につける者。つまりは……。

（王太子殿下⁉）

ざわざわと広間に驚きが広がる。

「うそっ！　もしかして本物の殿下はあちら？」

「きゃああ！　素敵《すてき》！」

「誰よ、太ってるなんて言ったのは！」

令嬢達が色めきたっている。

アルトの後ろには会ったことのある隠密が目立たぬ衣装で警護している。

（そんな……。まさか……）

でも少し考えれば分かることだった。

王太子だと言われてみれば合点のいくことばかりだ。

（アルト様が王太子殿下だったの……？）

王太子は金髪だと思い込んでいたせいで、黒髪のアルトだとは思いもしなかった。

大広間の前方の壇上《だんじょう》に、背もたれの高い王太子の椅子《いす》が置かれ、その両脇《りょうわき》に膝《ひざ》を立てて控《ひか》える隠密が四人、そしてダルとクレシェンが左右に立ち、それを囲むように白服の近衛騎士団が配置されている。

「私が王太子殿下の筆頭秘書官クレシェンだ。そしてこちらにおられるお方がデルモントーレ国、王太子アルト様だ。長年公《おおやけ》の場に出られなかったゆえ、初めて拝顔する者も多いだろう。今日は招待状にもあった通り、殿下のお気に召す美姫がいれば後宮に召され、さらには正妃となる可能性もある。我こそはと思う者は、ご挨拶《あいさつ》に来るがよい。そして最後のダンスで殿下が選ぶ相手こそ今宵のシンデレラである。みな存分に楽しむがよい」

クレシェンが言葉を終えると同時に、王太子の前に容姿に自信のある令嬢の列ができた。

それはみるみる長蛇《ちょうだ》の列となり、あっという間に広間の後ろまで連なった。

フォルテはそれを部屋の片隅で見つめていた。

（そりゃそうよね……。アルト様は素敵だもの。まして王太子殿下なんて聞いたら……）

令嬢達の目の色も変わるだろう。

（私ったら、王太子殿下だと知らずにアルト様に何を期待していたんだろう）

フォルテは期待を胸に舞踏会にのこのこやってきた自分がおかしくなった。

（アルト様が迎えに来ると言ったのは、ご自分の正体を明かすためだったのね）

壇上にはちょうどマルベラが上がって、アルトと楽しげに談笑《だんしょう》している。

それはフォルテのいる場所とは別世界に思えた。

『王太子殿下はすでにマルベラを妃に決めているのよ』

ナタリー夫人の言葉が頭をよぎって苦しくなった。

（もう帰ろう……。アルト様の正体も分かったし、私の用は済んだはずだもの）

とぼとぼと出口に向かおうとしたところで、それを堰《せ》き止《と》めるように男性貴族がフォルテを囲んだ。

「あなたは殿下の列に並ばないのですか？」

「だったら私とダンスを踊《おど》りませんか？」

「いえ、どうか私と……」

フォルテは大勢の男に取り囲まれて身動きがとれなくなっていた。

そんなフォルテに、いつの間にかペルソナが近づいてきていた。

「フォルテ、見違えたよ。そのドレスよく似合うね」

「ナタリー夫人に聞いたけど、なんだか殿下はマルベラのことが気に入ってるらしいね。マルベラが後宮に入ることになったら、僕はフォルテの婚約者《こんやくしゃ》に戻るかもしれない。ちょっと驚いたけど、僕の婚約者は美しい人ばかりで嬉しいよ」

フォルテは恥ずかしげもなく、こんな言葉がさらりと出るペルソナに絶望した。

でも自分は抗《あらが》うこともできず、この無知な男と結婚《けっこん》せねばならないのか……。

「ねえ、フォルテ。後で僕とダンスを踊ってくれるだろ？」

「……」

なんと答えていいか分からない。

「なんだい、君は。彼女は僕が先に誘《さそ》ってたんだよ」

「いや、僕が一番に声をかけたんだ」

他の男達が口を挟《はさ》み、ややこしいことになってきた。

「あの……」

その時、広間の明かりが一段落ちて、ワルツの音楽が流れ始めた。

それが合図のように令嬢達の挨拶も終わり、アルトが壇上からゆっくりと下りてきた。

それはつまり……王太子がダンスの相手を選ぶということ。

集まった令嬢達の視線がアルトに注がれる。

「ペルソナ様……」

みんな自分が選ばれはしまいかと、ドキドキ胸を高鳴らせている。

そしてアルトが選んだのは……。


――マルベラだった――


つかつかとマルベラの前まで進み出たアルトは、片膝をつき右手を伸ばす。

「姫君、ダンスをお願いできますか？」

わあっと歓声が上がった。

フォルテはその光景をぼんやりと見つめていた。

（やっぱりそうなのね……）

この場から逃げ出してしまいたい。

それなのに、いつの間にかアルトの隠密二人に囲まれ、フォルテは動くことができなかった。

音楽に合わせて軽《かろ》やかに踊るアルトとマルベラ。

その美しい光景に広間の貴族達は見惚《みほ》れていた。

「わたくしを選んでくださると思っていましたわ」

マルベラはアルトにしなだれかかるようにして顔を寄せる。

「ほう。どうしてそう思った？」

「だって、ずっとわたくしの方ばかり見ていらしたもの」

「バレてしまっていたか……」

アルトは余裕《よゆう》の微笑《びしょう》を浮かべる。

「わたくし、殿下を一目見た時から決めていましたの」

「決めていた？　何を？」

「ああ、驚かないで聞いてくださいまし、殿下。わたくしおじに脅《おど》され、畏《おそ》れ多《おお》くもあなた様の命を狙うように命じられております。でもそんな恐ろしいことはできないと思っていました。そして今日殿下を見て、この身を犠牲《ぎせい》にしてもお守りしたいと決心致しましたの」

最初から母ナタリーと決めていた。

落ち目のベルニーニより王太子の正妃を狙おうと。

母娘《おやこ》は、追い詰められたベルニーニの終わりを感じていた。

この男についていってももうダメだ。すでに見限っていた。

次なるターゲットはもっと大物。

デルモントーレ次期国王。

ベルニーニなんかの小者につくより、未来の王の妃になった方がいいに決まっている。

王妃の座が目の前にあるのに、暗殺なんかするバカがいるはずがない。そんなことにも気づかないほどベルニーニは追い詰められていた。

そして今日、アルトの姿を見てこの人しかいないと思った。この麗《うるわ》しい男の妻となって、最高の権力を手に入れるのだ。

しかし、マルベラのとんでもない告白にアルトは少しも驚かなかった。

「ほう。仲間を裏切るか……」

「女は恋に生きるものですわ。好きな男性のためなら裏切ることも正義でございます」

「なるほど、それがそなたの正義か」

「ええ。一目見た時から、わたくしはあなた様のものですわ」

潤《うる》んだ瞳でアルトを見上げる。この瞳で見つめれば、どんな男もいちころだった。

「しかし残念ながら、私はそなたを所望などしていない。まさかこの段階でそなたから裏切りの告白を受けるとは思わなかった。そなたが事を起こし、ベルニーニが私を襲《おそ》ってくれなければ筋書きが狂《くる》ってしまうのだ。だから……許せ」

「え？　何をおっしゃって……きゃっ!!」

ワルツを踊っていたはずのマルベラの腕をひねり上げ、後ろ手にして拘束する。

突然の王太子の乱行に貴族達がざわついた。

しかし、マルベラの異変と同時に広間になだれ込む手はずになっていたベルニーニ一派は、事が起きたと剣を構えてどやどやと王太子を目指す。

大勢の剣を持つ男達の乱入に、広間のあちこちで悲鳴が上がる。

まぎれていた間者も姿を現わし、アルトとクレシェンを仕留めようと合流する。

しかしその男達の動きを待ち構えていたかのように、近衛騎士がアルトとクレシェンを守り、剣を打ち合い次々と捕らえていく。

「な、何をしている！　王太子の後ろの太った側近を狙え！　そいつは凶悪な顔の割に剣が全然使えないぞ！　そこから斬《き》り進め！」

ベルニーニ一派は、アルトの後ろに立つダルに斬り込む。だが……。

その肉の塊《かたまり》のような体は、信じられない俊敏《しゅんびん》な動きで剣を引き抜き、ありえない剣さばきで次々ベルニーニ側の男達の利き手を斬りつけていった。

「な！　まさか……。そんなバカな……」

ベルニーニ一派は、ダルの動きに目を丸くする。

ダルは命令していた一人に剣を重ねると、凶悪な笑《え》みを浮かべて囁《ささや》いた。

「私が剣を使えないと思っているということは、一年前の王太子殿下暗殺未遂《みすい》にも関わっているようでございますね」

「ぐっ……それは……」

自ら墓穴《ぼけつ》を掘《ほ》ってしまったようだ。

そして気づいた時には、全員が捕らえられていた。


クレシェンは呆然と立ち尽くすベルニーニの元にゆっくり歩み寄った。

「ベルニーニ侯爵《こうしゃく》、王太子殿下への暗殺未遂の容疑で拘束させていただきます」

衛兵が二人、両脇からベルニーニの腕を掴む。

「な、なんのことだ！　私は知らん！　私はなんの関係もない！」

「なるほど。では失礼して懐を探させていただきますよ」

「か、勝手にしろ！　私は関係ない」

クレシェンはベルニーニの懐を探すと、手品のように羊皮紙を持ってすっと引き抜いた。

「おやおやこれはなんの文書でございますか？　どれ、これは？　なんとヴィンチ家の家督相続の王の許可書ですね。あれ？　しかしおかしい。サインも王印も国王陛下のものではありませんね。なぜこんなものをお持ちですか？」

「なっ！　知らん！　そんなものを懐に入れているわけがないだろう！」

「そうは言われましても、この通り出てまいりました」

「き、きさま‼　私を嵌《は》めたな‼」

「はて？　なんのことでございましょう。しかしこれは調べねばなりませんね。おい、そこにいるヴィンチ家のナタリー夫人とマルベラ嬢も拘束せよ！」

兵士数人が、呆然と事態を見ていたナタリー夫人とマルベラの両腕を摑んだ。

ナタリー夫人とマルベラは蒼白になって取り乱した。

「な、なぜ私が？　私は何も知りません！　私もベルニーニに騙されたのですわ！」

「そ、そうよ！　わたくし達は被害者です！　殿下！　殿下ああ！」

手を伸ばしアルトにすがろうとするマルベラだったが、アルトは冷たく一瞥《いちべつ》を返した。

「言い訳は尋問室で聞きましょう。それまで牢屋《ろうや》でゆっくりお過ごしください」

兵士に連れていかれるナタリー夫人とマルベラ。

それを信じられない思いでフォルテは見つめていた。


そして罪人がすべて連れていかれた広間で、アルトが高らかに宣言した。

「みなの者！　騒《さわ》がせてすまなかった。しかし、ご病気の父王をいいことに、国を乱す悪人を捕らえることができた。私は偉大《いだい》なる父の後を引き継《つ》ぎ、正しき者が幸せになれる王国創りに邁進《まいしん》することをここに誓おう。これから我が国はさらなる発展をしていくことだろう！」

貴族達はわ——っと王太子を讃《たた》えるように歓声を上げた。

誰もが新たな頼もしい為政者《いせいしゃ》の登場を歓迎《かんげい》していた。

「さあ、もう一度ダンスを再開しようではないか。ワルツの音楽を流してくれ！　そして私は今日最後のダンスの相手を選ばせてもらおう」

広間にどよめきが起こる。

最後のダンスの相手。それこそが王太子が選んだ相手。

若い令嬢達は今度こそと期待を膨らませる。

そのアルトの足は、真っすぐにフォルテに向かっていた。

「そんな……。まさか……」

フォルテは夢を見ているのかと思った。

しかし夢ではない。

アルトはフォルテの前で立ち止まり、床に片膝をつけて手を差し出した。

「私と踊っていただけますか？　フォルテ・ヴィンチ公爵令嬢」

「アルト様……」

フォルテの目から涙が溢れる。

「全部……知っていたの？」

「ずいぶん早い段階で知っていた。不安な思いをさせてすまなかった」

夢にまで見た温かな葉緑の瞳が見上げる。

溢れる涙が止まらない。

「でもアルト様は後宮に想い人がいらっしゃったのではなかったの？」

「想い人？」

アルトは首を傾げた。

「後宮で大事な方が犠牲になったと……」

「ああ……」

アルトは自分の言葉を思い出して、大きな誤解をされていたことに気づいた。

「大事な方というのは、私の母上のことだ」

「お母様……あ……」

アルトが王太子殿下であるなら、当然の答えだった。

「じゃあ……私は……。アルト様を……好きになってもいいの？」

アルトが屈託《くったく》のない笑顔で微笑む。

「できればそうしてほしい」

「アルト様……」

アルトはためらいがちに差し出されたフォルテの手を握《にぎ》りしめた。

そして立ち上がると、そのままぎゅっと抱きしめた。

「長く辛《つら》い思いをさせて悪かった。これから私に罪滅《つみほろ》ぼしをさせてくれ」

フォルテはその温かな胸に体を預けダンスのステップを踏む。

広間全体がため息と歓声で溢れた。

ワルツの音楽が大きくなって、他の貴族達も一緒に踊り始める。

そして……。踊りながら、アルトはフォルテの耳元に囁いた。

「フォルテ、一つだけ先に謝っておかねばならない」

「謝る？」

フォルテは踊りながら首を傾げた。

アルトは種明かしをするいたずらっ子のような顔で告げる。

「君の大切な霊騎士を長い間借りてしまっていた」

「え？　霊騎士って」

「ゴローラモのことだ」

「ゴローラモを知っているのですか？」

フォルテは驚いた。

「よく知っている。今は、ほら、君がずっと王太子だと思っていた男の中にいるよ」

アルトに示されてフォルテが見た方向には……。

嬉しさのあまり、やっぱり気絶するほど恐ろしい顔の男が立っていた。

終章

舞踏会《ぶとう》が終わり、フォルテはアルトの執務室《しつむ》に案内されていた。

ヴィンチ家の今後について話し合わねばならないことがたくさんあった。

「それにしてもダル。お前を見直したぞ。いつの間にあんなに剣《けん》がうまくなったんだ」

この部屋の常連らしいクレシェンがソファでくつろぎながら言った。

ダルの見事な活躍《かつやく》は舞踏会の最後まで大きな話題になっていた。

「そ、それは……す、少しばかり日ごろの怠惰《たいだ》を反省しまして、アルト様にお手合わせいただいておりました。アルト様のおかげでございます」

ダルに憑《つ》いたゴローラモは恐縮《きょうしゅく》して答えた。

「……。剣がうまくなると、態度まで謙虚《けんきょ》になるものなのか？」

別人のように立派な受け答えをするダルに、クレシェンは首を傾《かし》げた。

中身がゴローラモと知っているアルトとフォルテは、目を見合わせくすりと笑う。

そしてクレシェンは思い返すように呟《つぶや》いた。

「だが考えてみると、青貴婦人、いやフォルテ嬢《じょう》の占《うらな》いは当たっていたということですね」

「そういえばダルのことを占ってもらったと言っていたな」

「そうです。めざましい活躍をして出世するだろうと言われました。あの時はまさかと思いましたが本当に現実になるとは。あなたにはこの活躍が見えていたのですか？」

「い、いえ、まさか……」

ゴローラモが憑依《ひょうい》して活躍するなんて想像できるはずがない。

「ダルはおそらく今回の活躍でアルト様の側近騎士《きし》に任命されることでしょう。何はともあれ、嬉《うれ》しい誤算でした」

そうしてアルトは、はっと思い出した。

「そういえば、その後私のことも占ったのだったな」

「間もなく一生に一度あるかないかの恋《こい》におちると占っておりました」

「一生に一度あるかないかの恋……」

アルトとフォルテは思わず目が合ってドキリとした。

アルト自身はまったく信じていなかったが、思い当たることは充分《じゅうぶん》あった。

「そうか。占いというのも結構当たるものなのかもしれぬな」

「え？」

フォルテはアルトの葉緑の瞳《ひとみ》に見つめられて真っ赤になった。

しかしあまりに占い通りになっていることにクレシェンは不安を覚えた。

「まさかフォルテ嬢はこうなることを予想して？　フォルテ嬢の思惑《おもわく》通りに我らがあやつられていたのではないでしょうね」

疑い深いクレシェンの言葉を間髪《かんはつ》いれず否定したのはダルだった。

「それはございません。フォルテ様はそのような企《たくら》みをできる方ではございません」

「……」

クレシェンは無言でダルを見つめた。そして言った。

「ダル。お前がどうしてフォルテ嬢のことを分かるんだ。今日初めて会ったんだろう？」

ダルはしまったと口を押さえた。

アルトはやれやれと迂闊《うかつ》なゴローラモに苦笑《くしょう》して話題を変えた。

「占いはともかくヴィンチ家のことは早急《さっきゅう》に元通りになるようにしてくれ。フォルテは病気の妹のことをずいぶん心配している。王宮の名医の一人を派遣《はけん》しよう」

「本当ですか？　ビビアンを診《み》てもらえるのですか？」

それはフォルテにとって何より嬉しい申し出だった。

「ああ。もう何も心配することはない。何もかも五年前と同じになるよう手配しよう」

「ありがとうございます」

涙《なみだ》ぐむフォルテと一緒《いっしょ》にダルまで凶悪《きょうあく》な顔で涙をこらえている。

「それからナタリー夫人とマルベラ嬢は、現在尋問《じんもん》室で厳しい取り調べを受けています。

いずれすべて白状してその罪は白日の下《もと》にさらされることでしょう」

「当然です！　あの二人には厳しい罰《ばつ》をお願いします！」

むきになって答えたのはダルだ。

「だからダル、なぜお前がそこまで腹を立てているんだ」

クレシェンだけがやけに感情的なダルに首を傾げていた。

「しかし、それにしてもアルト様。ヴィンチ家を乗っ取っていた夫人とその娘《むすめ》が、ベルニーニのクーデターに協力することがよく分かりましたね」

それは霊《れい》騎士となって動いていたゴローラモが、うまい具合にクーデターを話し合っている場面に遭遇《そうぐう》したからだ。そこですべてを見聞きしたゴローラモあっての作戦だった。

「最近やけに勘《かん》がよくてな。私も占いができるやもしれんぞ」

アルトはそう言ってフォルテにウインクしてみせた。

「では占い好きのお二人に、次は一番重要な占い内容を実現していただきましょう」

クレシェンは鼻息荒《あら》く言い放った。

「一番重要な占い内容？　他にも何か言ったのか、フォルテ？」

フォルテは何を言ったのか思い出せず、首を傾げた。

クレシェンはそんな二人に、にんまりと微笑《ほほえ》んだ。

アルトとフォルテは嫌《いや》な予感に顔を見合わせた。

「一生に一度あるかないかの恋をして……子宝に恵《めぐ》まれると申しました」

「「なっ！」」

「これを逃《のが》したら一生子宝には恵まれないとも申しております。つきましてはさっそく占いを成就《じょうじゅ》していただきましょう」

「ばっ！　フォルテを前になんということを言うのだ‼　フォルテ、待ってくれ。私が言わせているのではないぞ。クレシェンが勝手に先走っているのだ。誤解しないでくれ！」

真っ赤になって俯《うつむ》くフォルテにアルトは必死で弁解する。

だが非情なクレシェンはさらに言《い》い募《つの》った。

「ですがフォルテ嬢がご自分で占ったのですから、責任はとっていただかないと」

「クレシェンッ！」


主君のためならどんな悪事もする側近と、振《ふ》り回《まわ》される王太子。

凶悪な顔で二人のやりとりを見つめる凄腕《すごうで》の騎士は、フォルテの災難がまだまだ続きそうな予感に心の中で呟いた。

《親愛なるテレサ様。あなた様の大切な愛娘《まなむすめ》の受難はまだまだ続きそうです》

END

あとがき

はじめまして、夢見《ゆめみ》るライオンと申します。

この度《たび》は、本作を手に取っていただき、ありがとうございます。

本作は、第二回ビーズログ小説大賞で優秀《ゆうしゅう》賞を受賞した作品を改題、改稿《かいこう》したものです。

この小説はカクヨムからの応募《おうぼ》作で、執筆《しっぴつ》当時はとにかく読者様を笑わせて楽しませるものを書きたいという一心で、タイトルや登場人物名など、多少ふざけすぎていました。改稿にあたっては、大幅《おおはば》に変更《へんこう》せざるをえないものも多くあり、カクヨムで読まれた方にとっては驚《おどろ》くほど別のものになっているかもしれません。

ですが多くのアドバイスをいただき、数倍面白《おもしろ》い作品に仕上がったのではないかと思います。何より憧《あこが》れの高星麻子《たかぼしあさこ》先生の素晴《すば》らしいイラストで、登場人物が一層魅力《みりょく》的になりました。どのキャラも私の想像を遥《はる》かに超《こ》える麗《うるわ》しさです。もう感謝しかありません。

そして丁寧《ていねい》なご指導をいただいた担当様と、本作に携《たずさ》わってくださったすべての方々に厚く御礼申《おんれいもう》し上《あ》げます。ありがとうございます。

私は異世界ものも現代ものも書いていますが、どのジャンルであっても読まれた方に喜《き》怒《ど》哀《あい》楽《らく》を存分に感じていただけるものを書きたいといつも思っています。

私の中では『喜』はときめき、『怒』はざまあ、『哀』は切なさ、『楽』はお笑い、といった分類でしょうか。

現代ものを書く時は切なさ多めになりがちですが、本作においてはバランスよく、すべての要素が入っているのではないかと思います（多少お笑い過多かもしれませんが）。

ヒーローのアルトは本来イケメンの常識人なのですが脇役《わきやく》と絡《から》むと面白くて、特にゴローラモとのコンビはお笑い的には最強ではないかと思っています。

ひととき異世界にトリップして笑い転げてもらえたら、私には何より幸せなことです。

最後になりましたが、ここまで読んでくださった皆様《みなさま》、本当にありがとうございます。

夢見るライオン

※本書は、二〇一九年にカクヨムで実施《じっし》された「第二回ビーズログ小説大賞」で優秀賞を受賞した『デルモンテ王は後宮に占《うらな》い師《し》をご所望《しょもう》です』を加筆修正したものです。

■ご意見、ご感想をお寄せください。
《ファンレターの宛先》
〒102-8177 東京都千代田区富士見2-13-3
株式会社KADOKAWA ビーズログ文庫編集部
夢見るライオン 先生・高星麻子 先生

ビーズログ文庫

●お問い合わせ
https://www.kadokawa.co.jp/（「お問い合わせ」へお進みください）
※内容によっては、お答えできない場合があります。
※サポートは日本国内のみとさせていただきます。
※Japanese text only

王太子殿下《おうたいしでんか》は後宮《こうきゅう》に占《うらな》い師《し》をご所望《しょもう》です

夢見《ゆめみ》るライオン

2020年10月15日 初版発行

発行者 青柳昌行
発行 株式会社 KADOKAWA
〒102-8177 東京都千代田区富士見 2-13-3
（ナビダイヤル）0570-002-301
デザイン Catany design
印刷所 凸版印刷株式会社
製本所 凸版印刷株式会社

ISBN978-4-04-736253-6 C0193

◇◇◇